KB196860

무 한 대

무한대

『한 시간』의 속편

최종수 판타지 장편소설

역 민 사

2024

차 례

무 한 대

1.

∞ 인간의 세계 ∞

1.

신규호는 비탈길 아래에서 발아래만 보며 이쪽으로 천천히 걸어 올라오는 한 젊은 여인을 바라보고 있었다. 저 여인은 여기 사는 여인이 아니었다. 집으로 오는 발걸음이 아니고, 무엇인가 간절히 원하는 마음으로 이 비탈길을 오르고 있었다. 마침내 그 여인이 누구인지 확인한 규호는 낮고 깊은 탄식을 토하고 말았다.

"아!"

아래만 보며 천천히 걸어오던 여인은 무심히 고개를 들고 앞을 바라보았다. 저만치 앞에서 자기를 바라보고 서 있는 한 남자를 발견하고는 잠시 주춤하더니 그 자리에 그대로 얼어붙었다.

"오빠!"

그녀의 입에서 낮은 신음이 터져 나왔다. 두 사람은 10여 미터 거리를 두고 서로 마주 보며 꼼짝도 못 하고 서 있었다. 얼마나 지났을까. 규호가 천천히 그녀 앞으로 다가갔다.

"민아, 민아 맞지?"

"오빠!"

민아가 들릴 듯 말 듯하게 대답했다. 규호가 단걸음에 달려가 민아를 부서지도록 세게 부둥켜안았다. 민아는 규호 품에 안겨 싸르르 떨었다.

오랫동안 그렇게 안고 서 있던 두 사람은 얼굴을 마주 보았다. 규호가 천천히 두 손으로 민아의 얼굴을 소중하게 쓰다듬자 민아가 두 손으로 규호의 손을 감쌌다. 민아의 두 눈에 눈물이 그렁그렁 고였다.

"어디서 어떻게 살았어?"

"오빠, 미안해. 정말 미안해."

"그래, 그래."

두 사람은 손을 꼭 잡고 비탈길을 내려갔다. 저 아래 길가에 눈에 익은 대추나무가 한 그루 서 있었다. 작은 추억들이 엉켜 있는 대추나무였다. 두 사람은 약속이나 한 듯이 대추나무 아래 벤치에 앉았다.

"민아야."

규호는 민아의 이름만 부를 뿐 말을 잇지 못했다.

"오빠."

민아도 말을 쉽게 꺼내지 못했다.

"그동안 어디 있었어? 어떻게 지냈어?"

민아는 대답을 못하고 아련한 눈길로 규호만 쳐다보다가 고개를 숙이고 발아래만 내려다보고 있었다.

"여기는 어떻게 왔어?"

그래도 민아는 말을 못하고 머뭇거렸다. 긴 침묵이 흘렀다. 규호는 아까부터 민아의 손가락만 조몰락거리고 있었다. 민아가 아주 작은 목소리로 소곤거리듯 말했다.

"여기 오면 옛날 일들을 추억할 수 있어 좋았어. 아름다운 추억이었어. 오빠와 함께 지냈던 일들을 회상하면서 소중했던 그 순간들을 돌이켜 보았어."

민아가 잠시 말을 쉬었다. 이번에는 규호가 고개를 숙이고 발아래만 내려다보고 있었다.

"그리고, 사실, 여기 오면 오빠를 다시 만날 수 있을 것 같은 기대감이 있었어. 아니, 꼭 만날 것만 같았어."

민아는 규호의 손을 꼭 잡고 하늘과 구름을 올려다보고 있었다. 천천히 눈길을 돌려 규호를 보며 조금 강한 어조로 말했다.

"오빠 미안해. 정말 미안해. 그때 난 그럴 수밖에 없었어. 난 오빠가 이해하고 용서해 주기를 바라지 않아. 그렇지만 나는, 내 진심은 언제나 변함이 없어."

민아는 감정이 복받치는 듯 말이 다시 끊어졌다. 규호는 민아가 너무 긴장해 있는 것 같아 분위기를 바꾸어 보려고 했다.

　　"전에 여기 땅에 떨어진 대추 주워 대충 닦아 먹어 본 거 기억나?"

　　민아는 기억나는 듯 희미한 미소만 보였다. 규호가 진지한 표정으로, 그리나 부드러운 말투로 물었다.

　　"그러니까 그때 무슨 일이 있었고, 왜 그랬는지 얘기를 해줘야 내가 알지."

2.

　신규호와 강민아가 처음 만난 것은 규호가 대학 3학년 때 어느 늦은 봄날이었다. 지금부터 6년 전이다. 신촌 네거리 근처의 한 카페였다. 규호는 친구 두 명과 함께 아이스커피를 마시며 이런저런 얘기를 나누고 있었다. 저쪽에 한 여자가 혼자 앉아 이쪽을 계속 보고 있었다. 한 친구가 말을 꺼냈다.

　"저기 저 여자가 아까부터 우릴 보고 있는데 아는 여자야?"

　나머지 두 사람이 고개를 돌려 그 여자를 바라보았다.

　"난 몰라."

　"나도 몰라."

　그 친구가 농담조로 제안했다.

　"누가 저 여자한테 가서 말 좀 걸어봐라."

　"너나 해라."

세 사람 모두 잠시 말이 없었다. 그런데 규호가 왠지 그 여자를 자세히 바라보게 되었다. 조금 거리가 있어 잘 보이지는 않았지만 괜찮은 용모인 것 같았고 앉아 있는 자세도 단정했다.

　그녀는 이쪽을 보고 있었지만 시선이 우리를 보고 있는 것 같지 않았다. 우리보다 조금 아래 테이블쯤 보는 것 같았다. 호기심이 발동한 규호가 나섰다.

　"내가 한번 해볼까?"

　"잘 해봐."

　규호가 용기를 내어 자리에서 일어나 그 여자가 있는 테이블 쪽으로 천천히 걸어갔다. 등 뒤에서 친구들이 킥킥거리는 소리가 들렸다.

　"잠깐 앉아도 될까요?"

　그 여자는 자기에게 다가오는 규호를 보고 있었고, 자기 앞에 서 있는 규호를 올려다보았다. 적어도 20초 이상을 그런 상태로 규호는 서 있었다. 마침내 여자가 차분하게 말했다.

　"앉으세요."

　규호는 엉거주춤 자리에 앉았다. 긴장되고 어색한 시간이 흐르고 있었다. 저쪽에 앉아 있는 친구들은 흥미진진한 이 장면을 숨죽여 지켜보고 있었다.

"저, 혹시 우리를 아시나요?"

"아니요. 몰라요."

대답은 짧고 말투는 차가웠지만 눈빛은 따뜻했다.

"그런데, 왜 우리를 보고 있었지요?"

"그쪽 분들을 보고 있지 않았는데요."

목소리가 낭랑했다. 규호는 목소리와 표정에서 상대가 의외로 만만치 않다는 느낌을 받았다.

"우리를 보고 있었는데요."

"아니요. 테이블 위의 유리잔을 보고 있었어요."

"유리잔이요?"

"네. 누구 유리잔이 가장 우아하게 올라가고 내려가는지 보고 있었어요."

규호와 친구들이 앉은 테이블 위에는 아이스커피가 담긴 유리잔이 세 개 있었다. 모양과 크기가 똑같았다. 그 유리잔을 들고 내리는데 '우아하게?' 규호는 그 표현이 무슨 의미인지 좀 얼떨떨했다.

"네? 그게 무슨?"

"그냥 유리잔을 보고 있었어요."

규호는 말문이 막혔다. 뭐라고 말을 하기는 해야겠는데 머릿속이 엉켜버려 아무 말도 나오지 않았다. 일종의 패배감을 느꼈다. 규호는 정신을 바짝 차리고, 눈을 똑

바로 뜨고, 테이블만 내려다보고 있는 그 여자를 찬찬히
바라보았다.

갸름한 얼굴에 속눈썹이 길고 어깨선이 동그랗고 앉아
있는 자세가 곧았다. 외모와 몇 마디 대화에서 범상치
않은 분위기가 전해졌다. 규호는 이 여자에게는 설명하
기 어려운, 알 수 없는 무엇이 있는 것 같다는 느낌을
받았다.

더욱 머릿속이 어수선해진 규호는 이 자리에서 더 이
상의 대화가 어렵다고 느껴졌다. 하는 수 없이 마지막
카드를 던졌다. 상대방에게 선택권을 준 것이다.

"저, 어렵겠지만 다음에 다시 한번 만나주실 수 있겠
습니까?"

이번에는 그 여자가 규호를 찬찬히 바라보았다. 규호
도 그 눈길을 마주 보았다. 눈길이 마주치자 여자가 천천
히 시선을 다른 곳으로 돌렸다. 규호는 어떤 긴박한 순
간에는 마음속으로 숫자를 세는 버릇이 있다. 숫자를 세
기 시작했다.

'하나, 둘, 셋, 넷, 다섯, 여섯, 일곱, 여덟, 아홉, 열,
열하나, 열둘, '

"네, 좋아요."

약 12초 만에 규호의 숫자놀이를 깨는 여자의 목소

리가 귀를 파고 들어왔다. 살짝 놀란 규호가 더듬거리며
말을 받았다.

"언 언제, 어디서 만날까요?"

"일주일 후 이 시각에 여기 어떠세요?"

"네 네 좋습니다. 그럼, 그때 뵙겠습니다."

규호는 다시 엉거주춤 자리에서 일어나 허리를 약간
숙여 인사를 했다. 여자는 앉은 채로 허리를 깊이 숙이
며 답례를 했다.

규호가 "휴!" 하고 깊은 한숨을 내쉬며 친구들이 있
는 자리로 돌아왔다. 한 친구가 몸을 앞으로 당기며 다
그치듯 물었다.

"야, 야. 무슨 얘기했냐. 뭐 그렇게 빨리 왔냐."

다른 친구가 거들었다.

"보나 마나 뻔하지 뭐. 가 보세요 그랬겠지."

친구들이 뭐라고 몇 마디 더 했지만 그의 귀에는 아무
소리도 들어오지 않았다. 저쪽에 앉아 있던 여자가 일어
나 카운터에서 계산을 하면서 잠시 이쪽을 보더니 밖으
로 나갔다. 규호가 친구들에게 낮지만 자신감 있는 목소
리로 말했다.

"일주일 후에 다시 만나기로 했어."

두 친구가 동시에 소리쳤다.

"뭐? 정말?"

일주일이 그렇게 긴 시간인지 규호는 전에는 몰랐다. 긴 일주일이 지나고 두 사람은 그 자리에서 다시 만났다. 일주일 만에 다시 만나는 순간, 규호는 이번에는 지난 일주일이 아주 빨리 지나간 것 같았고, 마치 어제 만났던 사람을 다시 만나는 듯한 착각마저 들었다.

그렇게 해서 신규호와 강민아는 사귀기 시작했다. 얼핏 보면 민아는 규호가 그동안 만났던 두세 명의 다른 여자들과 별반 다를 것도 없었다. 그러나 그녀에게는 표현하기 어려운 매력이 있었으며, 분명히 신비로운 구석이 있었다.

규호는 만나면 만날수록 민아에게 끌려 들어가는 자신을 발견했다. 그리고 문득문득 자신의 감정에 알 수 없는 물결이 출렁거리는 듯한 느낌이 들 때가 있었다.

'이게 뭐지? 착각인가? 참 이상하네. 알 수가 없네.'

시간이 지날수록 규호는 '내가 왜 이러지?' 하는 의문이 들었다. 그러나 규호는 애써 그런 감정은 무시하기로 하고, 그냥 '괜찮은 여자인가 보다.'라고 생각하기로 마음을 정했다.

규호의 취향에 따라 두 사람은 야외로도 많이 다녔다. 민아는 늘 즐거운 마음으로 함께 했다. 유적지, 산, 강을 두루 다녔고, 동해, 서해 바닷가에서 바다와 섬을 바라보기도 했다.

하루는 관악산 아래의 낙성대에 갔다. 낙성대는 강감찬의 사당과 관련 유적이 있는 곳이다. 그곳에서 민아는 조금 특별한 태도를 보였다. 상당히 경건하고 엄숙하게 말하고 행동하는 것이었다.

규호가 조금 이상하게 여겨져 고개를 갸우뚱하며 말이 없자 민아가 웃음을 띠며 말했다.

"아빠가 그러시는데, 우리가 강감찬 후손이래."

규호가 섬찟 놀랐다. 강민아가 강감찬의 후손이라니. 우리 아버지가 할아버지를 모델로 쓴 소설에서 그렇게 훌륭한 인물로 묘사된 강감찬의 후손이라니. 잠시 머뭇거리던 규호가 짧게 말했다.

"그래."

두 사람은 이틀에 한 번꼴로 만났다. 특별한 일이 있을 때 이외에는 거의 함께 시간을 보냈다. 그 흔한 말다툼 한번 안 했다. 만날수록 애정이 깊어졌고, 동질감은 확실해졌다.

규호는 항상 민아에게 들려줄 이야기의 소재를 찾았고 공부도 했다. 이야기한 다음에 민아가 깊이 이해하고 공감해 주는 데에 보람과 기쁨을 느꼈다.

어느 날 저녁 민아와 헤어져 집으로 돌아가는 길에 규호는 자신에게 물었다.

"이게 사랑인가?"

　규호는 잠시 후에 자신에게 대답했다.

"그럴지도 모르겠네."

　두 사람이 사귄 지 반년쯤 지나 가을이 깊어가는 어느 날이었다. 규호가 1박 2일로 일영에 갔다 오면 어떻겠냐고 제안했다. 전에 일영에 한번 가 본 적이 있었는데 반나절만 그곳에 있다가 와서 조금 아쉬움이 남았기 때문이었다.

　그리고 민아와 더 깊은 사랑을 나누고 싶었다. 민아가 잠시 망설이며 다음에 결정하자고 하였다. 다음에 만나자 민아가 고개를 숙이며 그렇게 하자고 말했다.

　늦가을의 햇살은 화사했다. 일영의 시냇물을 따라 한참 걷다가 시냇물을 가로지르는 구름다리 위에 섰다. 서쪽으로 지는 해와 하늘을 바라보았다. 붉고 노랗게 물든 구름과 드넓게 펼쳐진 푸른 하늘이 보여주는 저녁노을은 너무나 찬란했다. 두 사람은 감탄사만 연발했다.

　어느 사이에 해가 낮은 산등성이를 넘어가고 구름도 화려한 빛을 잃기 시작했다. 날이 어둑어둑해지고 있었다. 두 사람은 근처의 작은 식당에서 간단하게 저녁을 먹고 산 쪽으로 난 길을 따라가다가 길 끝에 있는 민박집으로 들어갔다.

두 사람은 방에 들어서자 서로 꼭 껴안았다. 규호도, 민아도 그날 밤이 첫 경험이었다. 두 사람은 모두 첫 경험이라는 사실에 서로 감격했다. 밤새도록 거의 잠을 자지 않고 서투르지만 격정적인 사랑을 나누었다.

새벽녘이 되어서야 두 사람은 온몸이 녹아버리는 듯한 피로감과 가슴에 가득한 충만감으로 손을 꼭 잡고 깊은 잠에 빠져들었다.

그날 이후, 두 사람은 완전한 소유감과 소속감을 동시에 느끼며 즐겁고 행복한 나날을 보냈다. 말을 많이 나누지 않아도, 눈만 바라보아도 뜻이 통했다. 두 사람 모두에게 진정한 첫사랑이었다.

그해 겨울, 눈이 많이 오는 날이었다. 두 사람은 광릉에서 봉선사까지의 가로수길을 걸었다. 세상은 온통 흑과 백으로만 덮여 있었다. 펑펑 쏟아지는 눈과 그림자처럼 서 있는 나무들은 놀랍도록 몽환적인 풍경을 보여주고 있었다. 두 사람은 이런 장면을 보게 해준 자연에 대해 온 마음을 다하여 감사를 드렸다.

사귄 지 1년이 조금 안 되고 신학기가 막 시작된 이른 봄이었다. 민아가 약속 장소에 나타나지 않았다. 전화도 문자도 이메일도 모두 연결이 안 되고 답장이 없었다. 놀라고 당황한 규호가 이리 뛰고 저리 뛰었다.

처음 만났던 카페에 매일 가다시피 했고, 민아네 집 근처에서 하염없이 기다려 보기도 했다. 같은 과 여학생에게 부탁하여 민아가 다니는 대학교에 가서 알아보게 했으나 휴학중이라는 사실만 겨우 알 수 있었다.

주민 센터에 가서 사람을 찾는다고 말하고, 그 집에 무슨 일이 있는지 알아봐 줄 수 없겠냐고 물어보았다. 주민 센터 직원은 약간 의심스러운 눈길로 규호를 쳐다보며 그런 것은 개인신상에 관한 문제이므로 알려줄 수 없다고 단호하게 잘랐다. 112에 신고해서 확인을 요청해 보았으나 집이 비어 있다는 답만 되돌아왔다.

민아는 어디에도 없었다. 백방으로 알아보고 찾아보았지만 그녀가 어디 갔는지 알 수 없었다. 민아는 규호 곁에서 완전히 사라진 것이다. 규호의 가슴은 무너졌고, 고통스러웠다. 수시로 막연한 두려움마저 들었다.

"어디, 어디로 갔단 말이야? 왜? 왜? 갑자기 왜 그래? 도대체 무슨 일이야?"

고통스러운 규호의 하루하루는 그렇게 지나가고 있었다. 한 달쯤 지나자 머릿속에 기억은 생생한데 가슴의 상처는 조금씩 아물기 시작했다. 한 달이 더 지나자 고통의 강도가 많이 약해졌고, 석 달, 넉 달이 지나자 서서히 마음이 느슨해지기 시작했다.

반년쯤 지나자 규호는 다시 한번 민아를 이리저리 찾아보았지만 결과는 마찬가지였다. 민아는 어디에도 없었다. 그리고 또 몇 달이 지나자 '언젠가는 나타나겠지.' 하고 민아를 찾는 일을 단념할 수밖에 없었다.

그 후 규호는 민아를 한 번도 본 적이 없었다. 규호의 기억 속에서 민아는 조금씩 사라져갔다. 그렇게 시간이 흘러가고, 어느 때부터인가 민아는 완전히 망각 속의 여인이 되었다.

규호는 대학을 졸업하고, 군 복무를 마치고 회사에 취직하여 근무하고 있었다. 문득문득 민아가 떠오르기는 했지만, 이미 민아는 떠나간 추억 속의 여인이었다. 지금 민아를 생각한들 무슨 의미가 있다는 말인가.

작년 가을 화창한 어느 주말에 규호는 마음이 흘러가는 대로 발길을 옮기고 있었다. 그러다가 갑자기 일영에 한 번 가 보고 싶어졌다. 버스를 타고 일영에 갔다. 이리저리 거닐다가 마침내 민아와 첫사랑을 나누었던 그 집을 다시 가 보게 되었다.

그 집은 호젓한 산길 끝에 있는 집으로 그때는 간이 숙박업을 하고 있었지만 지금은 가정집인 것 같았다. 규호는 그 집에서 조금 떨어진 산비탈 길에 섰다. 그리고 그 집을 바라보며 하염없이 민아에 대한 추억을 더듬었다. 민아의 얼굴이 뚜렷이 떠올랐다.

어느 날 하얀 원피스를 입고 나타난 민아를 보고 '천사구나! 천사가 하늘에서 내려왔구나!'하고 감탄했던 기억까지 되살아났다. 규호는 민아와의 지나간 일들을 끝없이 회상하고 있었나. 기억뿐 아니라 그 당시에 가졌던 감정마저 되살아났다.

청순했던 청춘의 정열이 가슴에서 다시 타올랐다. 긴 세월이 지났건만 뭉클한 그 감정은 순식간에 되살아나 강렬하게 온몸을 감싸고 있었다. 눈을 가늘게 뜨고 하늘을 올려다보았다. 바이올린의 높은 고음이 길게 귓속을 파고드는 듯했다.

"아, 내 사랑! 내 첫사랑 강민아!"

그리고 오늘 규호는 다시 그 집 앞에 섰다. 또다시 마음이 6년 전으로 돌아갔다. 민아에 대한 추억과 주변의 경치와 지나간 세월이 뒤범벅이 되며 규호의 가슴을 후벼 팠다. 아팠다. 1년을 만났고, 그 후 5년이라는 긴 세월이 지났건만 규호에게는 민아와 만나던 그 1년만 남아 이렇게 가슴을 아프게 했다.

규호는 그때는 잘 몰랐으나 그때 그것이 진정 사랑이

었음을 지금 너무나 확실하게 깨닫고 있었다. 그리고 그
때보다 지금 더 민아를 사랑하고 있는 것 같기도 했다.

지나간 시간이 서글퍼졌다. 그렇게 규호는 세월을 더
듬어 가며 한없이 서 있었다. 첼로의 낮은 저음이 길게
귓속에서 울리는 듯했다.

그러다가 터벅터벅 비탈길을 내려왔다. 규호는 '민아
야, 민아야.' 하고 부르고 있었다. 그런데 지금 정말 환
상이 아닌 진짜 민아가 바로 내 앞에 홀연히 나타난 것
이다.

"민아야, 민아야!"

3.

두 사람은 대추나무 아래 벤치에 앉아 저 앞의 먼 산을 바라보고 있었다. 규호는 민아의 손을 움켜쥐고 허공과 먼 산만 바라볼 뿐 아무 말도 하지 못하고 있었다. 민아가 규호의 옆얼굴을 한참 보더니 작게 물었다.

"오빠, 나 처음 만났을 때 기억나?"

갑작스런 질문에 규호가 허둥대며 대답했다.

"그럼, 그럼, 물론이지."

"고마워."

"고맙기는. 신촌의 카페였지. 지금도 있나 모르겠네."

규호는 민아와 지냈던 시간과 사건들을 거의 다 기억하고 있었다. 처음 만났을 때의 기억은 더욱 또렷하게 기억하고 있었다.

"그 카페가 있던 자리에는 지금 새로 큰 건물이 들어섰어. 우리는 그때도 연희동에 살았어. 가끔 신촌으로 나갔지. 어느 날 친구들과 그 카페에 갔는데 왠지 마음에 들었어. 분위기도 괜찮고, 사람도 그다지 많지 않았고, 음악도 좋았어. 그다음에는 가끔 혼자 거기 가서 한두 시간 음악을 들으며 앉아 있다가 오곤 했었지. 하루는 혼자 앉아 있는데 먼 옛날 나 아주 어렸을 때 우리 할아버지께서 해주신 얘기가 기억나는 거야. 민아야, 이다음에 너한테는 아주 멋있고 훌륭한 태양의 아들인 왕자님이 찾아올 거야, 꼭 올 거야. 그리고 너는 밝고 따뜻하고 행복하게 잘 살 거야 라고 해주신 말씀이 갑자기 떠오르는 거야."

민아의 입가에 작은 웃음이 스쳐 지나갔다.

"그 기억이 난 날부터 난 왕자님을 기다렸어. 그 카페의 그 자리에 앉아 있으면 왕자님이 날 찾아올 거라고 믿게 되었지. 내가 혼자 앉아 있으니까 가끔 남학생들이 와서 말을 걸곤 했어. 그런데 그 학생들은 나의 왕자님이 아니었어."

규호는 민아의 이야기를 귀담아듣고 있었다. 이건 처음 듣는 이야기였기 때문이었다.

"그런데 그날 오빠가 나한테 다가올 때 나는 깜짝 놀랐어. 내 눈을 의심했어. 도저히 있을 수 없는 일이 일어난 거야. 태양의 아들인 왕자님이 나한테 온다는 건

할아버지께서 그냥 좋은 말로 해주신 거로 알고 있었고, 내가 왕자님을 기다린다는 건 장난기 어린 말이었지. 그런데, 그날은 그게 아니었어. 오빠가 다가오는데 오빠는 사람이 아닌 빛이었어. 오빠가 태양처럼 눈부신 빛의 형태로 나한테 다가오는 거야. 난 너무 놀랐어. 오빠가 내 앞에 서자 오빠는 다시 빛이 아닌 사람으로 바뀌었어. 오빠는 그날 그렇게 놀랍게 나힌데 다가왔어. 지금도 난 그때 일을 믿을 수가 없어. 오빠를 만나는 동안에도 그 얘기는 나만의 비밀로 남겨두었어."

민아는 말을 멈추고 규호의 얼굴을 보며 옛날을 회상하는 듯했다. 규호는 민아의 말을 믿을 수도 없고, 안 믿을 수도 없었다. 믿자니 너무 황당했고, 안 믿자니 민아가 좀 민망해할 것 같았다. 그런데 결코 꾸며낸 얘기는 아닌 것 같았다.

그때, 규호는 갑자기 온몸이 느닷없이 저려오는 것 같았다. 여기저기에서 피가 잘 통하지 않는 듯했다. 열 손가락을 마구 폈다 접었다 해보았으나 달라지지 않았다.

규호는 앉아 있을 수가 없었다. 벌떡 일어나 가슴을 펴고, 고개를 뒤로 젖히고 하늘과 구름을 바라보았다. 민아가 따라 일어나 규호의 팔짱을 끼며 속삭였다.

"풍경이 아름답네. 여기는 사계절 항상 아름다워."

규호는 온몸이 저리던 것은 서서히 풀리는 것 같았다. 그런데 이번에는 갑자기 슬픔이 밀려왔다. 눈시울이 뜨거워지며 눈물이 나올 것 같았다. 무엇이, 왜 슬픈지도 모르게 슬픔이 밀려왔다.

규호는 '사랑은 슬픈 거야.'라는 이해할 수 없는 말이 불현듯 머리를 스치며 지나갔다. 규호는 "아!" 하고 탄식을 토하고 벤치에 주저앉았다. 가슴은 미어지고, 머리는 한없이 무거워져 고개를 푹 숙일 수밖에 없었다.

규호는 몸과 마음이 진정될 때까지 꼼짝하지 않았다. 민아는 규호가 지금 상당히 감정이 격해 있다는 것을 알 수 있었다. 민아는 규호가 진정될 때까지 기다렸다.

잠시 후에 규호가 큰 숨을 두 번 내쉬더니, 어느 정도 안정을 되찾은 듯했다. 민아가 규호의 손을 꼭 잡고 걱정스레 물었다.

"괜찮아?"

"괜찮아. 이제 괜찮아졌어."

한참 후에 민아가 결심한 듯 이야기를 시작했다.

"그때 우리집에는 정말 엄청난 일이 있었어."

"엄청난 일?"

규호는 격해졌던 몸과 마음이 이제 어느 정도 추슬러졌는데, 이번에는 긴장감이 온몸을 감쌌다.

"정말 엄청난 일이었어."

민아가 차분하게 이야기를 계속했다.

"어느 날 아빠가 엄마하고 나한테 할 이야기가 있다고 했어. 저녁을 먹고 나서 세 식구가 식탁에 앉았지."

민아의 눈빛이 허공을 맴돌았다. 더욱 높아진 긴장감이 규호의 온몸을 휘감고 있었다.

"아빠는 엄마하고 나한테 미안하다는 말로 시작해 엄청난 고백을 하시는 거야."

민아는 그때가 다시 생각나는 듯 몸이 굳어졌다.

"아빠한테 아들이 하나 있다는 거야. 엄마와 나는 그 얘기를 듣는 순간, 너무 놀라 몸이 얼어붙었지. 아들이라니, 아빠한테 아들이 있다니."

규호도 너무 놀라 들썩 일어났다가 바로 주저앉았다. 민아가 잠시 멈추었다가 말을 계속했다.

"아빠의 고백이 이어졌어. 나보다 여섯 살 많은 아들이 하나 있다는 거야. 아빠도 그 사실을 전혀 몰랐대. 아빠가 결혼 전에 한 여자를 사귀었는데, 어느 날 그 여자가 갑자기 사라졌다는 거야. 아빠가 여기저기 다 알아보았지만 끝내 그 여자를 찾지 못했대. 그런데 그 여자가 사라진 지 20여 년 만에 아빠 앞에 나타났다는 거야. 스무 살이 넘은 아들을 데리고 말이야."

민아가 벤치에서 일어났다. 규호는 온몸에 힘이 빠져 따라 일어날 기운조차 없었다.

"그때 그 여자는 아빠를 사랑했고 아이를 가지게 되었대. 그런데 아빠에게는 임신 사실을 알리지 않았다는 거야. 그때 아빠는 대학생이었고, 물론 아이를 키우고 결혼할 형편이 아니었지. 그 여자는 아빠에게 임신 사실을 알리면 아빠는 분명히 그 아이를 지우라고 했을 거라는 거였지. 결국, 아빠에게 임신 사실을 알리면 자기는 아이도 잃고 아빠도 잃을 거라고 생각했다는 거야. 그래서 아빠를 잃더라도 아이는 잃지 않겠다고 결심하고 혼자 아이를 낳아 키웠다는 거야."

민아가 다시 벤치에 앉았다.

"그게 정말 그럴 수 있는 건지 난 지금도 잘 모르겠는데, 사실이었대. 아빠도 그 얘기를 듣는 순간 너무 놀라셨다는 거야. 그러나 그 말을 믿을 수밖에 없었대."

규호는 '이건 정말 굉장히 큰일이네.'라고 생각하며 긴장 속에서 듣고 있었다.

"얼마 후, 아빠는 그 아들을 만났대. 처음 보는 순간, 얘는 내 아들이구나 하는 느낌이 왔다는 거야. 외모와 성격이 아빠를 아주 많이 닮았다는 거야. 그때부터 아빠는 완전히 이성을 잃고 앞으로 무엇을 어떻게 해야 할지 몰랐대. 그 아이는 어떻게 해야 하는 건지, 나하고 엄마한 테는 어떻게 말해야 하는 건지, 도무지 갈피를 잡을 수가 없었다는 거야. 그때 나는 중학생이었어. 그래서 아빠는 내가 성인이 될 때까지는 일단 비밀에 부치기로 했대. 내가 대학생이 되자 그 얘기를 하려고 몇 번 시도는 했으나 말을 못 하다가, 이제는 내가 성숙하고 이해할 수 있을 것 같아 용기를 내서 말하는 *거라고* 하셨어."

민아는 한참 동안 말을 잇지 못했다. 규호는 머릿속이 복잡해졌다. 상황이 규호의 이해 범위를 넘어섰고, 한 가정의 뿌리가 흔들리는 문제였기 때문이었다. 민아가 계속했다.

"나중에 생각해 보니까 언제부터인가 아빠가 좀 이상해진 것 같기는 했어. 갑자기 표정이 심각해지고 말이 없어진 거야. 나나 엄마는 크게 의문을 가지지 않았었지. 아마 회사 일이 조금 복잡한가보다 정도로 생각하고 넘어갔지."

대추나무에서 대추가 하나 툭 하고 떨어졌다. 규호는 떨어진 대추를 맥없이 바라보고 있었다.

"아빠는 잠시 말없이 앉아계시다가 미안하다는 말 한 마디를 남기고 서재로 들어가셨어. 엄마와 나는 멍한 상태로 앉아 있었지. 조금 있다가 엄마도 말없이 안방으로 들어가 버렸어. 그다음부터 우리집에서는 사람의 말소리가 들리지 않았어. 아빠는 아침 일찍 식사도 안 드시고 회사로 출근하고 저녁에 돌아와서는 서재에 들어가 나오지 않았어. 엄마도 꼭 필요한 일 이외에는 방 밖으로 나오지 않았어. 나도 혼자 밥 먹고 학교에 갔고, 학교에서 돌아오면 내 방에 들어가 나오지 않았어."

민아가 초점 잃은 눈으로 먼 산을 바라보았다.

"나는 내가 뭘 어떻게 해야 하는 건지 전혀 알 수가 없었어. 이건 부모님의 얘기지만 내 문제이기도 했어. 나는 그저 멍하니 아무 생각도 없이 하루하루 지냈어."

"그렇게 며칠이 지났지. 저녁에 엄마가 나를 안방으로 불렀어. 엄마는 그 며칠 동안 너무나 많이 수척해 있었고, 모습이 말이 아니었지. 그래, 얼마나 충격이 컸고, 아빠에 대한 배신감이 깊었겠어. 엄마가 어렵게 입을 떼었어. 엄마의 입술은 바짝 말라 있었고 입을 떼는 것도 힘들어 보였어."

민아가 잠시 쉬었다가 말을 이었다.

"엄마의 첫마디는, 민아야 너는 어떻게 했으면 좋겠니 였어. 말은 간단했지만 많은 뜻을 포함하고 있었지. 그때 내 추측으로는 아빠를 이해하고 용서하자, 아니면 이혼해야겠다 둘 중의 하나였어. 그러나 그 두 가지 다 어려운 일이었어. 그 여자와 아들을 어떻게 이해하고 용서할 수 있어? 비록 그 사람들이 어쩔 수 없는 일이었다고 하더라도 그건 안 되는 일이었어. 그리고 이혼? 그것도 어려운 일이었어. 엄마와 아빠는 서로 사랑했어. 이 일이 두 분이 이혼할 정도의 일인지 나는 알 수가 없었어. 엄마와 내가 용서와 이혼, 둘 중의 하나를 택해야겠지만 둘 다 쉽지 않은 일이있어."

민아가 잠시 말을 멈추고 대추나무를 올려다보았다.

"나는 그때 엄마가 너무나 큰 상처를 받았고, 얼마나 깊은 고민에 빠져 있는지 알 수 있었어. 나는 엄마한테 어떤 말도 할 수가 없었어."

규호는 이 상황을 이해는 했다. 그리고 어떤 해결책이 있을까 하고 궁리도 해 보았지만 이 문제는 도저히 그가 풀 수 있는 문제가 아니었다. 민아가 일어났다.

"오빠, 좀 걷자."

"그래."

두 사람은 벤치에서 일어나 천천히 비탈길을 내려가 다리를 건너 시냇물가에 섰다. 시냇물 건너편에는 제법 높은 수직 암벽이 장엄하게 버티고 서 있었다.

"바위가 멋있네."

"그래."

전에도 본 바위지만 오늘따라 더 웅장하게 보였다. 바위 아래로는 햇살을 받은 물결이 반짝거리며 흘러가고 있었다. 민아는 바위를 바라보며 이야기를 이어갔다.

"엄마가 말했어. 너는 어떨지 모르겠지만 나는 결심을 했구나 하시는 거야. 그 순간 나는 가슴이 철렁했어. 이혼이구나, 그럼 어떻게 되는 거야?"

규호는 이 이야기가 오래전에 있었던 일이지만 지금이라도 민아를 위로해 주고 싶었다. 그러나 무슨 말을 해야 할지 몰랐다. 그저 민아의 손을 힘주어 움켜쥘 뿐이었다.

"그런데 엄마는 내 예상과는 전혀 다른 말씀을 하시는 거야. 엄마는, 일단 여기를 떠나야겠다, 너만 괜찮다면 함께 미국으로 가서 너는 거기서 공부를 계속하고, 나는 네 뒷바라지하면서 마음을 정리할 시간을 가지고 싶다고 하셨어."

민아는 규호를 한번 바라보고는 이야기를 계속했다.

"엄마는 지금 도저히 아빠를 볼 수가 없고, 그 여자와 아들은 생각하기도 싫다고 하셨어. 내 생각에도 그랬어. 엄마가 어떻게 한집에서 아빠를 마주 볼 수 있겠어?"

두 사람은 시냇물 옆 모래밭 끝의 계단에 걸터앉았다. 민아가 천천히 말을 이어갔다.

"그런데 엄마의 그다음 얘기는 그때나 지금이나 쉽게 공감할 수 있는 이야기가 아니었어."

"공감?"

규호가 맞받았으나 민아는 자기 얘기를 계속했다.

"엄마가 그러시는 거야. 그 여자가 어린 나이에 혼자서 아이 낳고 키우느라 얼마나 힘들었겠냐는 거야."

민아가 규호 옆에 바싹 붙어 앉으며 말했다.

"오빠, 그때 내가 엄마한테서 받은 충격은 아빠한테서 받은 충격보다 더 컸어."

"나는 펄쩍 뛰며 엄마한테 되물었지. 엄마, 지금 뭐라 그랬어? 그 여자가 얼마나 힘들었겠냐고? 엄마는 대답 없이 내 얼굴만 보셨어."

"나는 또 소리를 질렀지. 엄마, 엄마가 지금 그 여자 형편 생각할 때야? 아빠한테 딴 여자가 있고 거기 아들 까지 딸렸다잖아. 그런데 그 여자를 동정하는 말을 할 수가 있어? 그리고, 혹시라도 아빠가 그 여자한테 가버리면 어쩔 거냐고 소리쳤지."

"엄마가 말했어. 아빠는 우리를 못 떠난다, 나 때문에 못 떠나고, 더구나 너를 두고 절대 못 떠난다고 하시는 거야. 그래도 사람 일을 어떻게 아냐고 내가 또 소리쳤지. 엄마는 차분한 목소리로 말했어. 아니다, 아빠는 절대로 네 곁을 떠나지 못한다, 그리고 지금은 아빠가 떠나느냐 안 떠나느냐를 얘기할 때가 아니다, 우리가 어떻게 할 것인가를 고민해야 할 때라고 하셨어."

"나는 그냥 울음이 터져 더 이상 아무 말도 못했어."

규호는 지금 이게 어느 나라, 어느 시대, 누구의 이야기인지 알 수가 없었다. 도저히 이 상황과 이 사람들의 정신세계를 이해할 수가 없었다. 특히 민아 어머니가 이해되지 않았다.

"지금 오빠도 우리 엄마를 이해하기 힘들지? 그러니 그때 내가 얼마나 놀랐겠어."

"엄마가 계속 말했지. 그럼, 내가 그 여자한테 가서 난리라도 쳐야 한단 말이니? 그런다고 뭐가 달라지겠니. 그리고 그 모자도 정말 딱하지 않니? 하는 거야. 나는 너무 기가 막혀 말이 나오지 않았어."

규호는 상황이 더 어려워지는 것 같았다. 민아가 규호의 어쩔 줄 몰라 하는 모습을 바라보다가 말을 이었다.

"엄마가 말했지. 아빠한테 시간을 주자, 20년 함께 살지 못한 가족들과 함께 할 시간을 주자, 너와 나는 한시도 아빠와 떨어져 산 적이 없지 않니, 그런데 그 사람들은 같은 하늘 아래에서 살면서 완전히 서로 모르고 살지 않았니, 아빠와 그 여자와 그 아들이 함께 살지는 않더라도 같은 하늘 아래에서 같이 숨 쉬며 살 수 있도록 우리가 잠시 비켜주자고 했어. 그때 난 정말 엄마가 정신이 어떻게 되지 않았나 싶었지."

민아가 잠시 숨을 가다듬더니 말을 이어갔다.

"그런데 엄마 얘기는 그게 끝이 아니었어. 이렇게 말하는 거야. 네 아빠는 무슨 죄니? 젊었을 때 연애 한번 했다는 게 그렇게 큰 죄니? 하시는 *거야*."

"난 할 말을 잃었어. 사실 지금 오빠와 나도 그때 우리 아빠와 그 여자처럼 서로 사랑하고 있는 거잖아."

규호와 민아는 동시에 깊은 한숨을 내쉬며 눈앞에 낮게 자라 있는 잡초와 그 앞에 흐르는 시냇물만 뚫어지게 바라보고 있었다.

"난 내 방으로 들어가 문을 꽝하고 닫고는 꼼짝도 안 했지. 며칠 동안 이렇게 저렇게 내가 할 수 있는 온갖 생각을 다 해보았어. 그리고 결론을 내렸지. 난 엄마방으로 가서 엄마한테 말했지. 엄마 뜻대로 하시라고."

민아가 잠시 숨을 가다듬었다.

"내가 엄마 뜻에 따르겠다는 것은, 나도 미국으로 간다는 뜻이었어. 그리고 그건 오빠와 헤어져야 한다는 뜻이었고."

규호가 몸을 돌려 민아의 머리 위로 손을 올려 머리

카락을 쓰다듬었다. 민아가 규호의 손을 잡았다. 민아의 눈가에 다시 물기가 어렸다.

"그런데, 엄마 아빠 문제 때문에 왜 내가 오빠와 헤어져야 해? 왜 그래야 하냐고? 나는 그럴 수가 없었어. 그때 난 정말 제정신이 아니었어. 이 모든 사실을 오빠에게 말할까도 했었어. 그렇지만 오빠한테 말한다고 달라질 것은 없었어. 그리고 우리집 얘기로 오빠 마음을 어지럽히고 싶지 않았어. 떠날 거면 그냥 조용히 떠나는 게 옳다고 생각했어."

규호는 무슨 말이라도 해야 할 것 같았지만 아무 말도 할 수 없었고, 먼 허공만 바라보고 있었다. 민아가 다시 말을 이어갔다.

"난 그때 엄마한테 미국에 안 간다고 내가 한 말을 뒤집고도 싶었어. 어른들 문제는 어른들끼리 알아서 하시고, 나는 여기에 있고 싶다고 말하고도 싶었어."

민아의 말투가 조금 빨라지고 높아졌다.

"그런데 내가 미국에 안 간다고 하면 엄마도 여기서 살아야 하잖아? 여기 살면서 어떻게 같은 집에서 매일 아빠를 봐? 아빠보고 나가라고 하면 되겠지만, 엄마는 아빠와 같은 하늘 아래에서, 가까이 닿을 수 있는 곳에서 함께 살 수가 없었던 거야. 엄마는 그것을 견딜 수가 없었던 거야."

규호는 민아의 말을 다 이해하기가 참으로 버거웠다. 민아가 계속 말을 이어갔다.

"내가 미국에 안 간다고 하면, 엄마 혼자 미국에 가? 그것도 어려운 일이었어. 엄마는 나 없이는 살 수 없다는 것을 나도 잘 알아. 나 없이 엄마 혼자 외국에서 어떻게 살아. 그것도 어려운 일이었어. 나는 그때 정말 엄마가 불쌍했어. 너무나 불쌍했어."

민아의 마음은 지금 완전히 그 당시로 돌아가 있었다.

"그래서, 결국 난 엄마가 아빠를 안 볼 수 있는 미국으로 엄마와 함께 가기로 마음을 정했지. 불쌍한 엄마 때문에 오빠 곁을 떠나기로 했어. 그때 나는 엄마와 오빠 중에서 한 사람을 택할 수밖에 없었고, 난 엄마를 선택할 수밖에 없었어."

"민아야."

민아의 말투가 높아지고 빨라졌다.

"그때, 나한테 오빠는 미래였고 엄마는 현재였어. 나는 미래보다 현재를 택할 수밖에 없었어."

"민아야."

"난 정말 떠나기 싫었어. 여기를 떠나기 싫었고, 오빠 곁을 떠나기 싫었어. 그리고 내가 떠나면 오빠는 또 어떻게 해. 오빠도 아프고 괴로울 거 아니야. 그렇지만 어떻게 해? 내가 어떻게 해야 하냐고? 어떻게? 내가?"

감정이 치오른 민아가 말을 잇지 못하고 한참 동안 가만히 있었다. 감정을 가라앉히느라고 숨을 고르던 민아가 마침내 단호한 말투로 이야기를 이어갔다.

"그래서, 난 떠나야 했어."

규호는 아무 말도 못 하고 먼 산만 바라보며 손가락을 뚝뚝 소리가 나게 꺾어보고 있었다. 민아가 감정을 가라앉히고 다시 말을 이었다.

"난 그게 내 운명이라고 생각했어. 그때는 엄마를 위해 모든 것을 버리고 떠나야 할 때라고 생각했어. 오빠를 다시 만나는 것이 내 운명이라면 어떻게든 다시 만날 거라고 믿었어."

규호가 벌떡 일어났다가 바로 다시 앉았다.

"그렇게 해서 난 오빠 곁을 떠났어. 우리는 미국에 사는 친척 집 근처에서 3년 살다가 재작년에 돌아왔어. 미국에서 사는 동안의 이야기는 하고 싶지 않아. 그동안 아빠는 회사 근처에 원룸을 하나 얻어 혼자 사셨대. 가끔 집에 와서 청소만 하셨대. 지금 우리집은 전처럼 엄마, 아빠, 나 이렇게 셋이 살아. 그런데 분위기는 당연히 전과 같을 수는 없지."

민아는 오랫동안 먼 허공을 바라보았다.

"오빠, 나하고 우리집 얘기는 다 끝났어."

두 사람 사이에 긴 침묵이 이어졌다. 규호가 물었다.

"그 사람들하고는 어떻게 되는 거야?"

민아가 다시 아래만 내려다보며 한숨 쉬듯 말했다.

"나하고 엄마는 그 사람들을 보고 싶지 않아. 물론 나에게 배다른 오빠이기는 하지만 그래도 나는 보고 싶지 않아. 아빠는 그 사람들하고 연락하고 살겠지만 나하고 엄마는 그럴 수가 없어."

규호는 아무 말도 할 수가 없었다.

"오빠, 그 얘기는 그만하자."

"그래, 그래."

"오빠, 좀 걷자."

"그래, 그래."

두 사람은 계단을 올라가 시냇물을 내려다보며 둑길을 천천히 걸었다. 규호는 이제 모든 것을 다 알게 되었고, 지금부터 두 사람에게 과거는 없고, 미래만 있을 뿐이라는 확신이 들었다.

길가에 또 벤치가 있어 두 사람이 앉았다. 민아가 규호의 눈을 들여다보며 맑은 목소리로 말했다.

"역시 내 운명은 오빠를 다시 만나는 거였어."

규호가 중얼거렸다.

"그래. 사랑은 운명이라고 누가 그랬어."

"사실 난 오빠한테 이 이야기를 언젠가 말할 수 있을까 하는 의문을 가졌었어. 그런데 오늘 오빠한테 다 얘기하고 말았네."

민아의 표정에 편안한 안도감이 지나갔다.

"귀국한 다음에 나는 앞으로 내 운명이 어떻게 될 건지, 태양의 아들인 우리 왕자님은 어떻게 사시는지 궁금해하면서 가끔 여기 왔어."

"민아야."

규호는 낮은 목소리로 민아의 이름만 불렀다.

"그런데 우리 태양의 왕자님은 내 마음을 다 알고, 내 운명의 길을 보여주려고, 오늘 이렇게 내 앞에 다시 나타나셨네."

민아가 살며시 머리를 규호의 어깨에 기댔다. 규호는 저 앞에서 하얀 물거품을 일으키며 흐르는 시냇물을 바라보며 민아의 손등을 찬찬히 쓰다듬었다. 민아가 조금 큰 소리로 말했다.

"5년이 지났는데도 오빠 모습은 옛날 그대로야. 조금 어른스러워지기는 했지만 말이야. 오빠, 나도 많이 변했지?"

"아냐, 아냐. 예전 모습 그대로야. 조금 어른스러워지긴 했지만 말이야."

민아가 두 손으로 규호의 팔을 꼭 잡으며 속삭였다.

"아, 좋다! 정말 좋다! 기다린 보람이 있네."

4.

　신기주는 신규호의 아버지고 신태수의 아들이다. 대학에서 경제학을 전공한 그는 은행에 입사하여 하루하루 은행 업무에 충실하였으며, 정년까지 은행에서 근무할 것으로 예상하고 있었다.

　조희숙은 경영학과를 졸업하고 공인회계사 시험을 준비하다가 중단하고 작은 기업의 경리 겸 회계 담당 직원으로 일하고 있었다. 거래 관계로 신기주가 근무하는 은행 지점에 자주 드나들었다. 두 사람은 가까워져 2년간 사귄 끝에 결혼에 이르게 되었다.

　조희숙은 결혼 석 달 후에 다니던 회사를 그만두고 회계사 시험 준비를 다시 시작하였다. 열심히 공부하고, 행운도 따라 다음 해에 합격하였다. 그동안 신기주는 집사람의 공부를 적극적으로 도와주었다.

　회계사 시험에 합격한 다음해에 조희숙은 건강한 아

들을 낳았다. 집에 경사가 겹친 것이다. 신기주와 조희숙의 가정은 화목했고, 아무 걱정이 없는 행복한 가정이었다. 아이가 한둘 더 있었으면 좋겠다고 생각했으나 그것은 뜻대로 되지 않았다.

세월은 쉬지 않고 흘러갔다. 어느 사이에 아들 규호가 초등학교에 들어갈 나이가 되었다. 주변의 진심 어린 축하를 받으며 규호기 초등학교에 입학하였다. 신기주와 조희숙 부부는 세상에 부러울 것이 없었다. 아들 규호는 총명하고 인물도 좋아 주변의 사랑을 흠뻑 받았다.

규호가 초등학교에 들어가고 한 달쯤 지난 어느 날이었다. 아버지 신태수가 아들에게 할 얘기가 있다며 집에 잠시 들르라고 했다. 왠지 분위기가 평소 같지 않아 신기주는 부인에게 혼자 다녀오겠다고 말하고 금요일 저녁에 퇴근 후에 아버지 집에 들렀다.

세 식구는 간단하게 저녁을 먹은 다음, 아들과 어머니는 긴 소파에 나란히 앉고, 아버지는 옆 의자에 혼자 앉았다. 아버지는 한 손에 찻잔을 들고 비스듬히 아들을 바라보고 있었다.

기주는 아버지와 어머니의 눈길과 태도에서 다른 때와는 많이 다른 무거운 분위기를 느꼈다. 한참 아들을 바라보던 아버지가 진중하게 이야기를 시작했다.

"규호가 초등학교에 들어갔으니 이제 웬만큼 자랐고, 너희 사는 것도 어느 정도 안정된 것 같으니 이제 사실을 말해 줄 때가 된 것 같구나. 나와 네 어머니가 고심 끝에 내린 결정이다."

기주는 말없이 듣기만 했다.

"이 얘기는 믿기 어렵겠지만 모두 사실이다. 지금부터 40여 년 전의 일이지만 나와 네 어머니는 마치 어제 일처럼 생생하게 기억하고 있다. 그때 우리는 아직 결혼 전이었는데, 참으로 엄청난 일을 겪었구나."

아버지가 잠시 눈을 감았다가 천천히 눈을 떴다. 신기주는 지금까지 부모님의 이렇게 엄숙한 모습을 본 적이 없었고, 자신이 부모님 앞에서 이렇게 긴장해 본 적이 없었다. 아버지는 차분한 어조로 이야기를 시작했다.

"당시 핵전쟁과 자연재해로 인류가 멸망할 위기에 놓여 있었지. 그때 나와 네 어머니는 천상의 세계에서 내려오신 강감찬님의 노력으로 천상의 영혼들과 소통할 수 있게 되었단다. 우리 둘은 조상님들에게 제발 살려 달라고 간절하게 애원했지. 우리를 불쌍히 여기고, 인류의 절멸을 안타깝게 여기신 천상의 조상님들이 엄청난 노력과 희생을 들여 결국 그분들이 지구와 인류를 멸망의 위기에서 구했지. 그분들이 아니었으면 인류는 그때 종

48

말을 고했을 거야. 그리고 인류는 그러한 일이 있었다는 사실을 지금까지도 모르고 있지."

아버지가 잠시 말을 멈추었다.

"그때 우리는 천상 세계에서 단군 성조님, 세종대왕님, 강감찬님 등을 뵈었고, 그분들과 직접 대화도 나누었단다. 지금도 그 당시 그분들의 모습이 눈앞에 선하구나."

아버지의 이야기는 한참 더 계속되었다. 아버지는 어제의 일을 되돌아보듯, 그 당시의 장면과 상황을 생생하게 아들에게 전해 주었다.

신기주는 아무 말도 할 수가 없었다. 이것은 지극히 비현실적이고 있을 수 없는 이야기였으나, 한편으로는 너무나 절박한 이야기였기 때문이었다.

아버지의 말투는 더없이 진지했고, 어머니의 눈길에는 아들이 반드시 믿어야 한다는 간절함이 어려 있었다. 이 이야기는 전부가 틀림없는 사실일 수밖에 없었다.

"우리는 이 이야기를 영원히 묻어 버릴까 하는 생각도 했었지. 그러나 차마 그럴 수가 없더구나. 인류는 이 이야기를 반드시 알아야 한다고 우리는 결론을 내렸다."

기주는 부모님의 이야기를 다 이해했다. 기주는 이야기를 듣는 동안 어떠한 질문이나 의견도 말하지 않았다. 이야기를 다 들은 기주가 나지막하게 말했다.

"정말 어렵고 큰일을 하셨네요."

"그렇게 말해 주니 고맙구나. 그러나 이 이야기를 들은 네가 앞으로 무엇을 어떻게 해야 할지는 솔직히, 우리도 잘 모르겠구나. 네가 잘 판단해서 현명하게 처리해 주기를 바랄 뿐이다."

큰 충격 속에서 신기주는 집으로 돌아왔다. 그의 표정은 몹시 굳어 있었다. 조희숙이 남편의 표정을 보고 조금 놀라며 물었다.

"무슨 일이에요? 나쁜 일이에요?"

신기주가 한참 만에 낮은 목소리로 대답했다.

"나쁜 일은 아니니까 걱정 안 해도 돼요. 그런데 좀 어려운 얘기에요. 나중에 다시 얘기합시다."

조희숙은 더 이상 묻지 못했다. 무슨 일인지 몹시 궁금했지만 지금 남편을 다그칠 분위기가 아니었다. 신기주는 자기방으로 들어가 꼼짝도 안 했다.

'어떻게 그런 일이 일어날 수 있었고, 어떻게 우리 부모님이 그런 일을 겪었단 말인가.'

하루, 이틀이 지나갔다. 신기주는 퇴근하고 집에 돌아와 저녁을 먹은 다음에는 방에 틀어박혀 꼼짝도 안 했다. 일주일이 지났다. 신기주는 금요일 퇴근 후에 다시 부모님에게 갔다.

그는 지난주에 들은 이야기 중에서 이해가 잘 안되는 부분에 대해 좀 더 자세히 설명해 달라고 하였다. 부모님은 기억나는 사실들을 모두 이야기해 주었다.

  신기주는 또다시 일주일을 심각하게 고민한 끝에 드디어 마음의 가닥을 잡았다. 주말 저녁에 식사를 마친 다음에 부인에게 부모님에게서 들은 이야기를 모두 그대로 전해 주었다.

  "당신은 어떻게 생각할지 모르지만, 난 부모님의 얘기가 모두 사실이라고 믿어요."

  이야기를 다 들은 조희숙은 너무 놀라운 이야기라 정신이 아득해졌다. 시부모님이 겪었다는 그 사실을 이해하기 쉽지 않았고, 믿기는 더구나 어려웠다. 그러나 시부모님은 좋은 분들이고, 훌륭한 분들이었다. 아무 얘기나 실없이 할 분들이 절대로 아니었다.

  남편도 마찬가지다. 믿을 수 있는 사람이고, 결코 경솔한 구석이 없는 사람이다. 그런 사람이 저렇게 고민하고 신중하게 말할 때는 그 이야기는 틀림없는 사실일 수밖에 없었다.

  그렇지만 그 이야기를 어떻게 믿고, 또 믿는다고 해도 무엇을 어쩌란 말인가. 희숙은 고개를 절레절레 흔들다가 어렵게 말했다.

"내가 지금 생각이 정리가 안 되니까 다음에 다시 얘기해요."

신기주가 부인을 한참 바라보다가 머리만 끄덕였다. 일주일이 지나고 다시 주말이 되었다. 두 사람이 식탁에 마주 앉았다. 희숙은 지난 일주일 동안 많은 생각을 해보았지만 결론이 없었고, 할 말조차 없었다. 그런 희숙을 바라보던 기주가 천천히 말을 시작했다.

"아무래도 내가 직업을 바꿔야 할 것 같아요."

희숙은 그 말에 정신이 퍼뜩 들었다.

"직업을 바꿔요? 갑자기 왜요?"

"아무래도 그래야 할 것 같아요."

긴 침묵 끝에 조희숙이 체념 어린 말투로 물었다.

"이제 겨우 자리 좀 잡았는데 직업을 바꿔요? 부모님의 그 말씀 때문에 그래요?"

기주는 말이 없었다. 또 다시 긴 침묵이 흘렀다. 희숙이 약간 긴장한 채로 물었다.

"뭘 하려고 그러는데요?"

기주가 부인의 눈을 한참 뚫어지게 보다가 대답했다.

"소설을 써야겠어요."

희숙이 깜짝 놀라며 달뜬 목소리로 물었다.

"소설? 소설가가 되겠단 말이에요?"

"그래요."

"규호 아빠, 잘 다니던 은행 그만두고 왜 갑자기 소설가가 되겠다는 거예요? 꼭 그렇게 해야 돼요?"

조희숙은 남편이 지금 정신이 어지럽다는 것은 일단 인정했다. 그러나 직업을 바꾼다는 것은 또 다른 문제였다. 앞으로의 생활에 직결되는 문제이기 때문이었다.

희숙은 이 문제는 자신이 판단하고 결정을 내릴 범주를 넘어서는 것 같기도 했다. 희숙은 정신이 또다시 아득해졌다. 기주가 부인의 표정을 다 읽은 다음, 결정적인 한마디를 던졌다.

"부모님의 이야기를 어떻게든 세상에 알려야 할 것 같아요. 나한테 어떤 운명적 사명감 같은 게 다가오는 것 같아요."

희숙은 말이 나오지 않았다. 자신에게도 어떤 거대한 압박이 밀려오는 것 같았기 때문이었다. 지금까지 한 번도 느껴보지 못했던 기이한 중압감이었다.

"알았어요. 생각 좀 더 해보고요."

그러나 며칠을 생각해 보아도 희숙이 결정을 내릴 수 있는 것은 아무것도 없었다. 희숙은 친정 부모님, 친구들에게 물어보았다. 시부모님의 얘기는 빼고, 남편이 은행을 그만두고 소설가가 되겠다는 것에 대해서만 물어

보았다. 대부분이 반대 의견을 제시했다.

조희숙은 능력 있는 여자였다. 현재 중견 회계법인에서 일하고 있고, 공인회계사로 비교적 잘 나가는 워킹맘이었다. 남편이 직장을 그만두면 분명 경제적으로나 현실적으로 어려움이 있겠지만, 그것은 어느 정도 자신이 해결할 수 있다는 자신감도 있었다.

경제적 문제만 아니라면, 어떻게 보면 남편이 작가라는 것도 괜찮을 것 같기도 했다. 창작 생활을 하는 남편을 둔 것이 자랑스러울 수도 있을 것 같았다. 조희숙은 창작이란 아무나 할 수 있는 일이 아닌 것으로 알고 있었기 때문이었다.

그리고 지금 남편을 말린다고 해도 들을 것 같지도 않았다. 더구나 시부모님의 이야기를 그냥 묻어버리자고 말하기도 어려웠다. 이 일은 내가 된다, 안 된다고 말할 성질의 것이 아닌 것 같기도 했다.

남편 말대로 남편이 작가가 되는 것은 운명적 사명인지도 몰랐다. 조희숙은 며칠 더 고민해 보았으나 아무리 고민해 보아도 답이 나오지 않았다. 고민의 한계에 이른 조희숙은 마침내 이렇게 말할 수밖에 없었다.

"규호 아빠가 알아서 하세요."

신기주는 부모님의 이야기를 듣고 난 다음부터 이 사

실을 어떻게든 세상에 알려야겠다고 생각했다. 그러나 알릴 길이 마땅치 않았다.

고민 끝에 그는 소설이라는 형식을 빌려 그 이야기를 세상에 알리기로 했다. 이 이야기는 사실이고, 소설은 허구지만 이 사실은 허구에 가까운 사실이므로, 아무래도 소설이 가장 적합할 것 같았기 때문이었다.

부인의 응낙을 얻어낸 신기주는 본격적으로 시난한 작가의 길로 들어섰다. 그는 부모님의 이야기를 첫 소설로 쓸 수는 없었다. 다른 소설을 쓴 후에, 확신이 서면 그때 가서 부모님의 이야기를 쓰기로 결정하였다.

소설이란 허구를 바탕으로 하는 창작이었다. 그 작업은 예상보다 훨씬 어려웠다. 머리를 쥐어짜고 쥐어짜 한 꼭지 써 놓은 다음, 나중에 다시 읽어 보면 이걸 창작이라고 했는지 한심하기 짝이 없는 경우가 수도 없었다.

지금까지 학교나 직장 또는 사회에서 아는 것이 없다거나 머리가 나쁘다는 소리를 들어본 적은 없었다. 그런데 책을 쓰면서 자신의 지식수준이 매우 낮고 상상력, 표현력이 처참한 수준임을 깨달았다.

신기주는 작가로서 능력이 크게 부족하다는 것을 스스로 깨달았다. 그러나 여기서 포기할 수는 없었다. 부모님을 생각해야 했고, 집사람과 규호를 생각해야 했다.

그리고, 인류의 미래를 생각해야 했다.

　그는 우선 3개년 계획을 세웠다. 처음 2년은 독서와 습작 기간으로 잡고, 다음 1년은 실제로 작품을 쓰기로 했다. 그는 작가로서 부족함을 채워나가면서, 많은 시간을 들여가며 엄청난 노력을 기울이기 시작했다.

5.

신기주가 작가의 길로 들어선 지 어느덧 3년이 조금 더 지났다. 그동안 그는 자기의 모든 지식과 의욕을 다 쏟아붓고 의지를 다지고 다져 글을 썼다. 밤을 꼬박 새운 날도 여러 번 있었다. 천신만고 끝에 그의 첫 원고가 완성되었다. 그 순간, 그는 감격했다.

'아! 내가 소설을 한 권 다 썼구나!'

그러나 그 감격과 기쁨은 오래가지 못했다. 원고는 원고일 뿐, 아직 책이 아니었다. 원고를 책으로 만들어야 했다. 원고를 책으로 만들어 주는 곳이 출판사다. 친구들과 아는 사람들을 통해 어렵사리 몇 군데의 출판사를 소개받을 수 있었다.

그때까지만 해도 그는 낙관하고 있었다. 이렇게 어렵게 썼으니 어떤 출판사든 흔쾌히 출판해 줄 것으로 기대했다. 두 곳의 출판사와 연결이 되어 담당자들과 통화를 했고, 그들이 원하는 대로 원고를 이메일로 보냈다.

그는 길어야 2~3주일 후면 연락이 올 줄 알았다. 그런데 한 달, 두 달이 지나도 두 군데 모두 아무런 연락이 없었다. 답답해 미칠 것 같던 그는 마침내 출판사에 연락해 보았다.

한 곳은 아주 덤덤하게 자기네 출판사와는 원고의 성격이 맞지 않아 출간하기 어렵다는 말이 돌아왔고, 다른 한 곳에서는 현재 검토 중이니 조금만 더 기다려 달라는 답이 돌아왔다. 그리고 일주일 후에 그 원고는 출판하지 못하겠다는 간단한 이메일만 한 통 덜렁 돌아왔다.

신기주는 세상살이의 어려움을 다시 한번 느꼈다. 일찍이 경험해 보지 못한 좌절이었다. 마음이 다급해진 그는 다시 이리저리 알아보았다. 결국 책의 제작 비용을 그가 부담하는 자비 출판이라는 방식을 알게 되었다.

신기주의 원고는 결국 자비 출판으로 책이 되어 세상에 나왔다. 그래도 일단 책이 발간됨으로 안도의 숨을 쉴 수 있었고, 주변에서도 인정해 주기 시작했다.

그러나 이제부터가 진짜 문제였다. 그 책이 얼마나 팔리느냐 하는 것이 작품의 성공 여부를 가늠하는 기준이라고 할 수 있기 때문이었다.

신기주는 죽을 둥 살 둥 모든 것을 다 쏟아부은 첫 작품이었으나, 독자의 반응은 작가의 희망과는 별개였다. 주변의 지인이나 친구들이 사준다고 한 것만 해도 200부가 넘었으나 두 달이 지난 다음 출판사에 물어보니 50부 정도 팔렸다고 했다. 그 중 순수하게 독자가 사준 책이 몇 권이나 되는지는 알 수 없었다.

예상도 했고 각오도 했지만, 그는 좌절을 넘어 비애를 느꼈다. 사람들이 이렇게도 다른 사람의 노력과 정성을 몰라줄 줄은 몰랐다. 곁에서 보다 못한 부인과 부모님의 위로로 겨우 몸과 마음을 추스를 수 있었다.

신기주는 자책과 좌절 속에서 조금씩 마음을 가다듬으며 절망감을 이기고 다시 시작했다. 2년 후, 신기주의 두 번째 작품이 역시 자비 출판으로 세상에 나왔다. 그러나 이번 작품도 결과는 참담했다.

그 몇 년 동안 신기주는 경제적으로 완전히 무능했고, 부인이 모든 집안 경제를 맡았다. 아버지 신태수가 약간의 경제적 지원을 제안했으나 아들과 며느리가 너무 단호하게 거부함으로 두 번 다시 말도 꺼내지 못했다.

또 2년 후, 세 번째 작품이 나왔고, 또 3년 후, 네 번째 작품이 나왔으나 판매 부수는 여전히 최악의 수준이었다. 신기주는 그 10여 년 동안 수입 한 푼 없이 방에 틀어박혀 소설만 썼다. 그의 몰골은 폐인에 가까웠다.

그래도, 비록 몇백 명밖에 독자가 없었으나, 신기주는 책을 네 권 발간한 작가로서 경력이 쌓이고, 작가로서의 긍지와 자부심을 가지게 되었다. 그의 몸은 극도로 피폐했으나, 눈빛은 형형하게 빛나고 있었다.

또 3년 후, 신기주의 다섯 번째 작품이 나왔다. 이번에는 자비 출판이 아니고, 한 출판사에서 발간을 전담했다. 책의 제목은 『사랑의 총량』이었다.

사람은 누구나 가지고 있는 사랑의 전체 양은 비슷한데 그것이 부모와 자식 간, 또는 남녀 간, 또는 하는 일에 따라 다르게 배분될 뿐이라는 내용이었다.

이 작품이 뜻밖에도 대히트를 쳤다. 발간 8개월 만에 판매량이 10만 부를 넘어섰고, 한 대형서점에서 3주간 소설 부문 베스트셀러 1위에 올라 있었다.

신기주는 일약 유명 작가로 스타가 된 것이다. 주변에서 축하와 찬사가 쏟아져 나왔다. 신기주 자신이나 부인, 부모님 모두 기쁜 마음을 감출 수가 없었다.

웬만한 직장인 연봉 이상의 인세 수입이 들어왔고, 대형서점 한 곳에서는 작가 사인회를 하자고 했으나 신기주가 사양했다. 이제 신기주는 아빠, 남편, 자식으로서 역할을 제대로 한 것이었다.

신기주는 이제 창작에 자신감이 붙었다. 드디어 부모

님의 이야기를 쓸 때가 되었다고 판단했다. 그러나 막상 자신의 목표인 부모님의 이야기를 쓰려고 하니 지금까지와는 또 다른 중압감이 밀려왔다.

신기주에게 이 책은 아주 특별한 책일 수밖에 없었다. 지금까지는 순수한 허구의 창작이라고 할 수 있지만, 이 책은 부모님의 독특하고 희귀한 경험을 소재로 하는 소설이기 때문이었다. 이 작품은 반드시 높은 수준의 교훈과 감동을 주어야 했다.

집필하는 신기주의 각오는 이전과 달랐다. 그는 전 작품들보다 더욱 강도 높게 집중력을 동원하여 한 줄 한 줄 써나갔다. 내용 중에 막히는 부분이 있을 때는 즉시 부모님에게 달려가 지원을 요청했다.

신태수 부부는 자신들이 겪었던 그 엄청난 사건을 아들이 소설로 쓰는 것이 대견한 일이기는 했지만, 한편으로는 그 이야기를 세상에 그렇게 적나라하게 밝히는 것이 과연 옳은 일인지, 또 반드시 해야 할 일인지 의구심이 들기도 했다. 이것이 혹시 천기누설의 죄가 아닌가 하는 두려움이 들기도 하였다.

신기주는 부모님이 겪었던 그 순간들을 현실과 환상을 오가며 온몸과 온 정성을 다 바쳐 글로 썼다. 2년 이상 쓰고, 고치고, 또 가다듬고 하여 작품이 거의 완성되었다. 제목은 『누가 어떻게』라고 하였다.

신기주는 위기의 순간마다 부모님이 보여주었던 대담하고 현명했던 행동들을 묘사하고 서술했다. 가끔, 만일 나에게 그러한 순간이 닥친다면 나는 어떻게 대처했을까 하고 스스로 물어보기도 하였다.

우리 부모님은 나로서는 상상도 못할 방안을 찾아냈고 실천했다. 분명히 우리 부모님은 나보다 훌륭한 분들이었고, 뛰어난 능력을 지닌 분들이라고 확신했다.

6.

어느 날 깊은 밤, 신기주는 부모님의 이야기를 소재로 한 소설을 탈고했다. 깊은 안도의 숨을 내쉬었다. 인생의 목표 하나가 이루어지고, 인류에 대한 책임을 다한 순간이었다.

내일부터 마지막으로 한두 번 더 꼼꼼하게 살펴본 다음에 출판사에 원고를 넘길 예정이었다. 그날 밤 그는 오래간만에 편안하게 잠을 이룰 수 있었다. 다음 날 아침, 늦잠을 자고 있는데 어머니에게서 전화가 왔다.

"지금 모두 데리고 집으로 좀 오너라."

기주는 가슴이 철렁 내려앉았다. 마음속으로 '아, 아버지!'하고 불렀다. 기주는 급히 규호에게 문자를 보냈다. 지금 할아버지 댁에 가야 하니까 조퇴하고 교문 앞으로 나오라고 하고, 집사람에게는 바로 아버님 댁으로 오라고 했다. 규호나 부인, 누구도 아무것도 묻지 못했다.

기주와 규호가 아버지 댁에 먼저 도착했다. 어머니께서 두 사람을 맞이하며 아버지가 모두 보고 싶다고 하셔서 급하게 연락했다고 하셨다. 어머니는 그다지 불안해하거나 다급해 보이지 않았다. 두 사람은 급히 안방으로 들어섰다.

아버지는 침대에 편안하게 누워계셨다. 아들과 손자가 들어오는 것을 보고 얼굴에 환한 웃음을 띠며 말했다.

"규호야, 학교는 어떻게 하고 왔니?"

규호는 이 순간이 할아버지와 아주 작별하는 시간이라는 것을 깨달았다. 울먹이며 작은 목소리로 "할아버지! 할아버지!"하고 부를 뿐이었다. 이때 며느리가 방에 들어섰다. 할아버지가 미소를 보냈다.

"왔구나."

"네, 아버님."

할아버지가 감회어린 눈길로 자손들을 하나하나 오랫동안 바라보다가 힘들게 입을 떼었다.

"아무래도 내 생이 얼마 남지 않은 것 같구나. 나는 너희들이 정말 자랑스럽구나. 사랑하는 아들아, 손자야, 며늘아기야! 내 인생은 참으로 성공한 인생이었고 복 받은 인생이었다. 그런데 이제 너희들을 더 볼 수 없을 것 같구나. 그게 슬프구나. 그러나 어쩌겠냐. 사람은 누

구나 언젠가는 떠나야 하는 것 아니겠느냐. 참으로 고맙
다. 정말 고맙다."

며느리가 손수건으로 눈물을 찍고 있었다. 규호가 울
음 섞인 목소리로 할아버지를 크게 불렀다.

"할아버지, 조금만 더 사세요. 조금만 더요."

"규호야, 예쁜 우리 손자야. 네가 이 세상에 태어났을
때 우리가 얼마나 기뻤는지 모른다. 그때의 기쁨이 다시
살아나는 것 같구나."

"할아버지! 할아버지!"

신태수가 규호에게 가까이 오라고 손짓을 하여 다가
온 규호의 손을 잡고 아주 정성스레 찬찬히 쓰다듬어 주
었다. 신태수가 말을 이었다.

"아비야, 내 장례는 조용히 치러 다오. 그리고 내가
너희들에게 마지막으로 할 말이 있다. 꼭 명심하여라.
절대로 잊어서는 안 된다. 절대로. 그것은 "

신태수는 힘에 겨워 잠시 말을 멈추었다. 규호도 할아
버지의 마지막 말씀을 들으려고 울음을 멈추었다. 할아
버지가 다시 깊은숨을 내쉬더니 천천히, 그러나 힘주어
말을 이었다.

"너희들이 살다 보면 도저히 너희들 힘으로는 감당하
기 어려운 위기의 순간이 올지도 모른다. 만일 그런 때

가 오면 '단군 할아버지'를 불러라. 그러면 그분께서 너희를 돌보아 주실 것이다. 나와 네 어머니와 우리 모두 그분으로부터 너무나 큰 은혜를 입었다. 그분은 너희도 보살펴 주실 것이다."

규호는 알 듯, 모를 듯한 할아버지의 유언을 듣고 다시 길게 울음을 터뜨렸다.

"할아버지, 가지 마세요. 조금만 더 사세요. 나 대학생될 때까지만 더 사세요."

할아버지는 물끄러미 자손들을 바라보고 있었다. 그리고 다시는 아무 말도 하지 못했다. 할아버지의 두 눈에서 눈물이 주르륵 흘러 베개로 떨어졌다. 할머니가 힘없이 말했다.

"지금 힘이 드시나보다. 집에 돌아가 있어라."

아들 식구들이 모두 집으로 돌아갔다. 신태수와 김영희 두 사람만 남게 되자, 김영희는 죽어가는 신태수의 손을 꼭 잡고 오열했다.

"오빠, 정말 이렇게 가는 거야?"

신태수는 그 말을 들었다. 그러나 아들, 손자에게 마지막 유언을 하느라고 기운을 다 쏟은 그는 대답할 힘이 남아 있지 않았다. 목에서 간신히 나오는 "그르렁" 하는 소리로 사랑하는 부인과의 마지막 대화를 대신했다.

사흘 후, 신태수는 그 상태에서 그대로 세상을 떠났다. 부인 김영희와 기주의 세 식구는 가눌 수 없는 슬픔 속에서 신태수의 임종을 지켰다.

신태수의 장례는 유언대로 조용히 치러졌다. 신기주는 아버지의 죽음이 너무나 슬펐다. 정말 몸과 마음을 가눌 수 없을 만큼 슬펐다.

손자 규호도 슬퍼했다. 장례를 치르는 동안 내내 힘들어하던 규호는 할아버지의 유골을 땅에 묻고 집에 돌아오자 열이 38°까지 오르며 심한 열병을 앓았다.

신기주는 아버지의 죽음이 너무 슬펐지만 할아버지의 죽음에 열병을 앓을 만큼 슬퍼하고 괴로워하는 아들 규호를 보며 슬픔을 감추어야 했다. 신기주는 규호에게 할아버지는 좋은 곳에 가셔서 영원히 편안히 계실 것이라고 위로해 주었다.

남편의 죽음 후에 식음을 전폐하다시피 한 김영희도 3개월 후 남편을 따라 저세상으로 떠났다. 할머니마저 돌아가시자 규호는 다시 충격을 받고 이틀을 자리에 누워 일어나지 못했다.

2.

∞ 지상의 세계 ∞

1.

2년 후에 한국에서는 대통령 선거가 있다. 여당과 야당 모두 본격적으로 대통령 선거 준비에 돌입했다. 승리할 수 있는 후보 지명에 사활을 걸었고, 예비 후보들 또한 경선을 통과하기 위해 바쁘게 움직였다.

야당에서는 60대 중반인 4선의 현역 민 의원이 가장 유력했다. 지난번 선거에서는 후보 결선에서 근소한 표 차이로 패배했으나 이번에는 신임 대통령 취임 직후부터 면밀하게 전략을 세워 실행한 결과, 거의 단독 후보에 가까울 정도로 경쟁력을 갖추었다. 큰 이변이 없는 한 그가 야당의 대통령 후보가 될 것은 분명했다.

여당에는 대여섯 명의 후보가 있었으나 뚜렷하게 두각을 나타내는 후보가 없었다. 상위의 서너 명은 모두 고만고만한 경력과 지지도를 보이고 있었다.

그중의 누가 후보가 되더라도 무난한 후보가 될 수는

있겠지만, 노련한 야당 후보와 경쟁하여 승리를 거두기는 쉽지 않을 것으로 전망되고 있었다.

여당에서는 현재 상태에서는 대통령 선거에서 패배할지도 모른다는 위기감이 떠올랐다. 새로운 방안을 모색해야 했다. 한 가지 방안이 나왔다. 선풍을 일으킬 만한 참신한 후보를 등장시켜 관심을 모으고 분위기를 띄운 다음, 최종 후보를 지명하자는 전략이었다.

여당에서는 이 전략이 채택되었다. 각계각층의 인사들 가운데 참신하고 능력 있는 인물을 발굴하기 위해 은밀하게 움직였다. 마침내 3~4명이 최종 후보에 올랐다. 그중에는 작가 신기주도 포함되어 있었다.

신기주는 10여 년의 무명 시절을 거쳤으나 지금은 좋은 작가로 상당한 인기를 누리고 있었다. 그의 대표작 『사랑의 총량』은 큰 대중적 인기를 얻으며 스테디셀러로 확고하게 자리잡고 있었다.

또 다른 그의 대표작 『누가 어떻게』는 독자들에게 환상과 역사성을 동시에 전해 주고 있었다. 많은 독자가 '소설은 소설인데, 소설 같지 않네.'라고 말하며, 상당한 교훈을 얻고 있었다.

신기주의 작품과 인간성에는 흠잡을 데가 없어 보였다. 나이는 50대 초반으로 젊고 활력이 있었다. 그러나 그가 대통령 후보가 되기에는 여러 면에서 경륜이 부족한 것 또한 사실이었다.

여당에서는 은밀하게 신기주와 접촉을 시도했다. 처음 제의를 받은 신기주는 너무 어이가 없어 웃고 말았다. 그러나 여당 쪽에서는 집요하게 접근했다.

여당의 설득 요지는, 국민은 작가 신기주 같은 한참 일할 나이에 신선하면서도 지성적이고, 건전한 사고와 확고한 의지를 지닌 사람을 원하고 있고, 신기주가 그 요구에 부합되는지 한번 확인해 보자는 것이었다.

여당의 끈질긴 설득에 신기주도 조금씩 심경에 변화를 일으켰다. 현재의 국내 정세를 보면 정치는 구태의연하고, 국민은 정치에 무관심했다. 국가와 사회에 생동감이 없고, 나태해진 것도 사실이었다. 변화와 개혁이 필요한 시점이고, 참신한 인물이 필요하다는 것도 맞는 말이었다.

신기주는 여당에서 이렇게 집착하는 것을 보면 자신에게 정치적 자질이 있어 보이는 게 아닌가 하는 생각이 들기도 했다. 그리고 내가 대통령 후보로 나서서 분위기를 바꿔 보는 것도 괜찮을 것 같기도 했다. 내가 정치를 해서 안 된다는 법도 없었다.

확실한 결론을 내리지 못한 신기주는 부인에게 이 사

실을 얘기하고 자문을 구했다. 부인 조희숙은 얘기를 듣자마자 말이 안 되는 소리라며, 그 사람들 정말 정치 이상하게 한다고 혹평하였다.

그러나 여당 관계자들로부터 계속 연락이 오고 당의 고위 인사가 집에까지 찾아왔다. 집을 방문한 그들은 신기주는 물론 부인 조희숙에게까지 최상의 예의를 갖추며 진지한 태도를 보였다.

조희숙의 마음이 조금씩 흔들리기 시작했다. 조희숙의 감정에 변화가 있음을 감지한 여당 쪽에서는 조희숙의 사무실 근처까지 찾아와 면담을 요청하기도 했다.

조희숙은 곰곰이 생각해 보았다. 물론 그렇게 될 가능성은 거의 없겠지만, 만약에 규호 아빠가 대통령 후보가 된다면? 또는 대통령이 된다면? 나는 대통령 후보 부인? 대통령 부인? 그 자리는 하늘이 도와야만 될 수 있는 자리였다.

그런 이야기가 나왔다는 사실 자체가 있을 수 없고, 몇 달 전까지만 해도 상상도 못 할 일이었다. 후보가 되지 못한다 하더라도 현재 하는 일에 상당한 도움이 될 것 같았다.

나 개인과 현재 다니는 회계법인의 지명도가 높아질 것은 분명했고, 의뢰인에게서 상당히 높은 점수를 받을 수 있을 것 같았다.

조희숙은 며칠 더 고민해 보았다. 앞으로 어떤 일이 벌어지더라도 크게 손해를 보거나 망신당할 일은 없을 것 같았고, 잘되면 아주 좋은 일이었다.

결국 '밑져야 본전'이라는 생각으로 한번 부닥쳐 볼 일이라고 최종 결정을 내렸다. 어느 날 저녁식사를 하며 희숙은 남편에게 웃는 얼굴로 말했다.

"잘해 보세요."

부인의 동의를 얻어낸 신기주는 부모님이 살아계셨으면 뭐라 하셨을까 상상해 보았다. 아마도, 큰 반응 없이 '대세에 따르는 것이 좋겠다.'라고 간단하게 말씀해 주셨을 것 같았다.

신기주는 처음 소설을 쓸 때와 상황은 다르지만, 그때와 비슷한 미묘한 긴장감을 느꼈다. 시간이 지날수록 새로운 세계에 한 번 도전해 보고 싶은 의욕이 강해지기 시작했다.

정치를 시작하기 전에 확실하게 해 두어야 할 일들이 있었다. 우선, 여당이든 야당이든 누구에게도 책잡힐 결함이 없어야 했다. 아무리 보아도 개인 생활이나 경력, 가정 등에 문제가 될 일은 없는 것 같았다.

다음으로, 정치인으로서 소신과 추구하는 바를 명확

하게 보여주어야 했다. 앞으로 어떤 정치를 어떻게 하겠다는 원칙과 신념을 밝혀야 했다. 그는 '통찰과 휴머니티'라는 구호를 전면에 내세우기로 했다.

통찰이란 국가의 기존 정치, 경제, 사회, 국방, 외교, 문화 등에 대해 전체적으로 균형을 맞추어 가면서 지향 방향을 살펴보자는 것이었다. 통찰의 다음 단계는 숙고, 소통, 실천이라고 설정했다. 널리 살펴본 나음, 깊이 생각하고, 의견을 나누고, 행동으로 옮기자는 논리였다.

휴머니티란 정치인들은 거의 말하지 않는 단어로 인간애라고 할 수 있었다. 정치 이전에 인간의 본성에 대한 성찰과 인간에 대한 사랑을 말하는 것이었다. 그는 휴머니티야말로 정치인이 가져야 할 가장 기본적인 덕목이라고 정의했다.

신기주는 이 두 가지 개념을 원칙으로 삼으면 다른 후보들과 차별화할 수 있을 것 같았다. 그리고, 그러한 의도를 국민에게 명확하게 전달할 수만 있다면, 기존의 정치 구조에 개혁을 가져올 수 있을 것 같았다. 개혁의 바람만 일으킬 수 있다면, 후보로 지명되는 것도 전혀 불가능한 일은 아닐 것 같았다.

그러나 이러한 자신의 판단과 희망이 과연 현재의 정치 현실에 적용될 수 있을지는 알 수 없었다. 이것이 현실에서는 전혀 실현 가능성이 없는 환상에 불과하다면, 그는 그 시점에서 정치를 포기하기로 마음을 정했다.

신기주는 자신의 목표와 기본 전략이 확립되었다고 보고, 자신의 의지와 실천 내용을 문서로 작성하여 여당 관계자에게 전하며 이렇게 말했다.

"저는 제 나름대로 정치를 할 것이며, 이에 동의해 주신다면 저는 후보로서 참여할 것입니다. 그렇지 않으면 저를 후보군에서 제외시켜 주시기 바랍니다."

여당에서는 신기주의 통고 내용을 신중히 검토했다. 너무 현실을 모르는 것 같으니 일찌감치 후보에서 제외시키자는 의견과 오히려 그러한 점이 당과 유권자에게 신선한 자극이 될 수 있다는 의견으로 갈라졌다.

결국, 여당이 신인을 발굴하고자 했던 본래의 의도에 신기주는 부합되며, 분명히 참신한 면이 있다는 논의가 우세하여 그를 후보군에 올리자는 최종 판정을 내렸다. 여당에서는 즉시 결과를 신기주에게 통보했다.

"신 작가님은 소신껏 자신의 정치를 하십시오. 우리는 앞으로 신 작가님의 의사를 존중할 것이며, 신 작가님의 언행에 대해 일체 간여하지 않겠습니다."

여당으로부터 통보를 받은 지 일주일 후, 신기주는 여당 당사 회의실에서 기자회견을 가지고 정치 입문을 공식적으로 발표했다. 신기주가 정치인으로서 첫걸음을 내디딘 것이었다.

많은 사람이 놀랐다. 특히 신기주의 독자들이 놀랐다. '신기주가 정치를 한다고?' '왜?' '글쎄?' 지금까지 작가 출신 정치인들이 몇 사람 있기는 했지만, 그래도 의외라는 반응이 컸다.

신기주의 정치 활동이 시작되었다. 그러나 그는 정치인으로서 경력이 전무하였으며, 그가 할 수 있는 일이란 극히 제한적이었다. 그는 여당의 한 사무실에 책상 하나를 놓고 정치 관련 문서를 쓰는 일과 정당의 인사들과 교류하는 일이 전부였다.

신기주는 좌충우돌하며 현실을 파악하고, 정치를 배우고, 자신의 부족한 점을 메워 나가는 일에 전력을 다했다. 그러는 동안 자신이 정치에 아주 부적합한 인간형은 아님을 알게 되었다.

어느덧, 신기주가 정치를 시작한 지 1년이 지나고 대통령 선거가 1년 앞으로 다가왔다. 지난 1년 사이에 정치 판도에 작지만 미묘한 변화가 일어나고 있었다.

그것은 표면적인 것이 아니고 내면에서 일어난 변화였다. 일부 정치인들이 신기주의 영향을 받아 인간의 내면을 생각하기 시작했던 것이다.

또 언제부터인가 자연 발생적으로 신기주의 정치 행보에 찬동하며 노선을 같이 하겠다는 사람들이 등장했다. 그들은 아직 극소수에 불과했으나 의지는 분명히 밝히고 있었다.

이제 신기주가 여당에서 어느 정도 존재감이 있다는 것은 누구나 인정하지 않을 수 없었다. 그리고 그의 희망대로 여당에 새바람이 일어나고 있는 것도 사실이었다. 신기주의 등장은 사람들에게 신선한 충격으로 다가오고 있었다.

2.

4월 초 어느 일요일 오후였다. 날씨는 화창하고 산들 바람이 가볍게 불고 있었다. 북한의 수도 평양의 김일성 광장에는 많은 사람이 가족, 친지와 함께 거리를 거닐고 있었고, 주변의 박물관과 백화점 등에도 많은 사람이 드나들고 있었다.

광장 한복판에 검은 바지에 흰 와이셔츠를 입은 젊은 이 두 사람이 등을 맞대고 한참 동안 가만히 서 있었다. 머리를 들고 오랫동안 하늘을 바라보더니 마침내 결심 한 듯 주먹을 허공에 내지르며 크게 외쳤다.

"나는 사람답게 살고 싶다!"

"나는 사람답게 살고 싶다!"

지나가던 사람들이 이 외침을 듣고 걸음을 멈추고 놀 란 눈을 크게 뜨고 쳐다보고 있었다. 두 젊은이는 계속 해서 같은 구호를 외쳤다. 사람들이 모여들기 시작했다.

경찰이 나타나더니 두 사람을 거칠게 낚아챘다.

경찰은 곧바로 두 사람을 땅바닥에 패대기치고, 경찰봉으로 두들겨 패기 시작했다. 사람들이 멀찌감치 서서 두들겨 맞고 짓밟히는 두 젊은이를 바라보고 있었다. 두 젊은이는 바닥에 핏자국을 남기고 질질 끌려갔다.

잠시 후였다. 광장 한쪽 구석에 머리는 반백이고 허리가 약간 굽은 허름한 복장의 중늙은이 하나가 나타났다. 그는 방금 끌려간 젊은이들을 흉내 내며 구호를 외쳤다. 쉬고 갈라진 목소리에 동작도 없었지만, 그 소리는 깊이가 있는 처절한 절규였다.

"나도 사람답게 살고 싶다!"

"나도 사람답게 살고 싶다! 이놈들아!"

경찰이 곧바로 쫓아가 중늙은이를 쓰러뜨리고 두들겨 패고 짓밟기 시작했다. 사람들이 또 모여들어 웅성거리면서 구경하고 있었다.

구경꾼 한 사람이 경찰에게 "그만 좀 하시오." 하고 소리쳤다. 경찰이 소리 나는 쪽으로 돌아서서 매섭게 노려보자 사람들이 흠칫하며 슬금슬금 뒷걸음질 쳤다.

중늙은이도 바닥에 피를 흘려가며 질질 끌려갔다. 군중은 잠시 더 바라보더니 이내 모두 흩어졌다. 이후 광장에는 긴장감이 돌았다. 순식간에 사람 수가 크게 줄어

들었고, 경찰의 숫자는 눈에 띄게 늘어났다.

2주일 후 일요일 해질 무렵이었다. 역시 김일성 광장이었다. 한쪽 구석에서 각기 다른 복장의 젊은이 서너 명이 나타났다.

그들은 "나는 사람답게 살고 싶다!"고 댓 번쯤 외쳐대고 곧바로 흩어져 군중과 건물 사이로 재빠르게 사라졌다. 경찰이 신속하게 움직였으나 그들을 잡지 못했다.

곧이어 다른 쪽 구석에서 또 몇 명이 똑같은 구호를 외쳐대고는 군중 속으로 사라졌다. 당황한 경찰은 이곳 저곳을 급하게 수색했으나 이번에도 아무도 잡지 못했다. 그날은 더 이상의 구호 없이 그렇게 넘어갔다.

월요일 아침이 되었다. 국가 운영의 주요 회의인 월요회의가 열렸다. 이 회의에는 위원장 동지가 참석하고, 지난 일주일 동안에 있었던 국가의 중요 안건을 논의하는 자리였다. 통상 10명 내외의 인원이 참석했다.

이날 회의에는 위원장 동지와 고위 간부 6명, 그리고 평양시 책임자 4명이 참석했다. 위원장 동지는 광장에서 일어났던 두 번의 구호 사건에 대해서 이미 보고를 받은 상태였다.

회의가 시작되자 위원장이 참석자들을 천천히 한 바퀴 휘둘러 보았다. 모든 참석자가 오금이 저려 손가락

하나 까딱할 수가 없었다.

위원장의 시선이 평양시 경찰청장에게 멈추었다. 경찰청장은 온몸이 얼어붙어 눈을 깜빡거릴 수도 없었다. 한참 청장을 노려보던 위원장이 느닷없이 벌떡 일어나더니 청장에게 손가락질하며 소리를 질렀다.

"야, 이 어벙한 간나 새끼야. 니 뭘 어떻게 했길래 광장 한복판에서 그따우 소리가 나오냐 말이다. 정신 못 차리갔나!"

경찰청장은 아무 소리도 하지 못하고 고개를 숙이고 회의 테이블만 내려다보고 있었다. '나는 이제 죽었구나.' 하고 체념한 듯한 모습이었다.

"와 말이 없나, 이 얼간이 새끼야."

위원장이 앞에 놓인 재떨이를 집어 던졌다. 재떨이가 청장 이마에 맞고 튕겨 나갔다. 곧바로 청장의 이마에서 굵은 핏줄기가 줄줄 흘러내렸다. 다른 참석자들은 부동자세로 꼼짝도 못 했다.

"한 번만 더 그따우 일이 벌어지면 니 놈은 그날로 총살이다. 알간? 멍청한 노무 새끼."

경찰청장이 피를 줄줄 흘리며 의자에서 튀어 일어나 허리를 120° 꺾으며 소리쳤다.

"알갔습니다. 위원장 동지. 다시는 그런 일이 절대로,

절대로 일어나지 않도록 하갔습니다.”

“내 앞에서 당장 꺼지라우. 이 멍청한 새끼들아.”

“예! 위원장 동지!”

평양 시장과 경찰청장 등 평양시 책임자들이 허리를 90° 꺾어 위원장에게 인사를 하고 황급히 회의실에서 물러 나왔다. 회의장에서 나온 그들은 모두 깊은 한숨을 내쉬었다.

그들은 서로 얼굴을 마주 보며 ‘그만하기를 천만다행이다.’라는 안도의 표정을 지었다. 경찰청장의 이마에서는 아직도 피가 흐르고 있었고, 몇 방울은 제복 앞가슴에 떨어졌다. 그때에서야 누군가 손수건을 꺼내 청장의 이마에 대고 눌러주었다.

다음날부터 경찰은 광장에 정사복 경찰을 무수히 배치하여 삼엄하게 광장을 감시하고 순찰을 강화했다. 누구라도 불순한 구호를 외치거나 수상한 행동을 하면, 그 자리에서 즉결 처분해도 좋다는 엄명이 떨어졌다. 광장에는 사람이 거의 없었다.

다음 수요일이었다. 오전 10시쯤에 광장 한쪽 구석 바닥에 가로 10미터, 세로 1미터 정도의 긴 하얀 헝겊이 펼쳐졌다. 헝겊에는 붉은색으로 ‘나는 사람답게 살고 싶다.’라는 글자가 씌어 있었다.

서너 명이 양쪽 끝에서 헝겊을 잡아 바닥에 펼쳐놓고 돌을 몇 개 올려놓고 사라진 것이다. 순식간에 벌어진 일이었다. 곧바로 경찰이 나타나 헝겊을 수거해 갔다. 그 글자를 본 사람은 몇 명 안 되었다.

　경찰은 이제 초주검 상태가 되었다. 구호 사건으로 위원장의 분노가 하늘을 찔렀는데, 이런 글자 사건까지 연달아 일어났으니 이번에는 어떤 문책이 따를지 알 수 없었다. 실제로 몇 명이 총살당할 수도 있었다.

3.

아침에 평양시 광장에서 글자 사건이 일어난 그 수요일 저녁이었다. 북한에서는 북한 역사상 가장 충격적이고 비극적인 변고가 일어났다. 평양 경찰청의 고위 간부 하나가 위원장 동지를 껴안고 함께 폭사한 것이다.

이 사실을 알게 된 지배층 인사들은 너나 할 것 없이 너무 큰 충격을 받아 모두 실신할 지경이었다. 그들이 태양보다 강렬하고, 신보다도 위대하다고 칭송하던 위원장이 그들만 남겨두고 갑자기 허망하게 세상을 떠난 것이었다.

위원장과 함께 폭사한 경찰청 간부는 위원장의 측근으로서 경호를 맡으면서 충성을 다 바치는 사람이었다. 위원장의 신임을 받던 그는 다음 경찰청장으로 유력했다. 그러던 그가 위원장을 죽음으로 몰고 가다니, 이것은 꿈에서도 있을 수 없는 일이었다.

북한의 지배층은 이 사실을 극비에 부치고, 충격을 최소화하는 데에 집중했다. 건국 이후 백 년 가까이 지속되어 오던 국가 체제와 지배 질서가 한순간에 뒤흔들리는 순간이기 때문이었다. 지배층은 일단 집단지도 체제를 구성하여 이 난관을 넘어가기로 했다.

그러나 지배층은 어떤 대책이나 원칙을 제시하지 못했다. 그들은 불확실한 미래와 현실적 공포의 한복판에 있었기 때문이었다. 그들은 자신들이 할 수 있는 일이 아무것도 없을 것 같았다.

위원장의 '유고'라는 사실은 감춘다고 감추어질 사안이 아니었다. 처음에는 느리고 은밀하게 소문이 돌더니, 사건 일주일이 지나면서 소문은 엄청나게 빠른 속도로 전파되었고 확산을 통제할 수가 없었다.

인민 사이에서는 아직 어떠한 반응도 나타나지 않았다. 국가적으로도 아무런 특이 상황이 보이지 않았다. 다만, 개인이나 국가 모두 깊은 침묵 속에 빠져 들어가고 있었다.

다시 일요일이 되었다. 그동안 사람이 거의 보이지 않던 광장 여기저기에 사람이 몇 명씩 모여 있거나 산책하고 있었다.

그런데 경찰이 보이지 않았다. 오후 들어 사람들의 숫

자가 점점 늘어났으나 그래도 경찰이 보이지 않았다. 시민들로서는 일찍이 경험하지 못한 특이한 광경이었다.

해 질 무렵, 한쪽 구석에서 젊은 사람 몇 명이 "나는 사람답게 살고 싶다."라고 외치고 곧 사라졌다. 그런데 경찰이 나타나지 않았다. 저쪽 구석에서 또 몇 사람이 뛰어나와 "나는 사람답게 살고 싶다."라고 외치고 곧 사라졌다. 그래도 경찰은 보이지 않았다.

광장 두 군데서 구호를 외쳐도 사람들은 힐끗거리며 쳐다보고는 다시 자기 갈 길을 갔다. 군중은 이런 경우에 곧바로 경찰이 나타나야 할 텐데 경찰이 보이지 않는 것이 이상해 고개만 갸우뚱거릴 뿐이었다.

위원장이 사망한 지 2주일 이상이 지나면서 지배층과 인민의 충격은 조금씩 가라앉기 시작했다. 인민들의 생활도 예전의 상태로 돌아가고 있었다. 그러나 누구도 앞으로의 일은 말하지 않았다.

4.

위원장과 함께 폭사한 경찰청 간부는 아들만 셋 있었다. 모두 똑똑하고 사상도 투철했다. 간부는 아들들에게 깊은 애정과 자부심을 가지고 있었다. 주변 사람들도 그를 복이 많은 사람이라고 부러워했다.

광장에서 첫 번째 구호 사건이 일어난 지 사흘 후였다. 둘째 아들이 아버지에게 조용히 드릴 말씀이 있다고 했다. 아버지와 둘째 아들은 저녁을 먹은 다음 거리를 산책했다.

주변에 사람이 전혀 없는 으슥한 공터에 이르자 두 사람은 공터 끄트머리의 계단에 걸터앉았다. 아들이 한참 동안 가만히 있다가 말을 시작했다.

"아버지, 죄송해요."

아버지는 아들이 무언가 심상치 않은 이야기를 할 것으로 예상은 했으나 지금의 말투는 너무나 비장했다. 아버지는 아무 말도 하지 않았다. 아들이 마침내 사실을 털어놓았다.

"아버지, 제가 지금 혁명 사업에 동참하고 있어요."

그래도 아버지는 아무 말이 없었다.

"아버지, 아버지!"

"계속해라."

"아버지, 며칠 전에 광장에서 누가 구호를 외치다 잡혀간 사건을 아시지요."

"계속해라."

"그 사람들이 제 동지들이어요."

아들의 말이 잠시 끊어졌다.

"계속해라."

"아버지, 지금 이 국가가 바른 방향으로 가고 있다고 보세요?"

아버지는 말이 없었다. 아들은 아버지에게서 어떤 답변을 기대하기 어렵다는 것을 알았다. 일단 아버지에게 모든 사실을 솔직하게 털어놓을 수밖에 없었다.

"저와 동지들은 국가가 이 상태로 지속될 수는 없으며 반드시 혁명이 일어나야 한다고 믿고 있어요. 모두 죽음을 각오하고 혁명의 씨앗을 뿌리기로 결의했어요."

아버지는 듣기만 했다.

"우리 동지들은 거의 고위 공직자의 자제들이어요. 몇 사람은 서방에 유학을 다녀온 사람도 있어요. 우리는 끝까지 갈 거예요."

아버지가 일어서자 아들이 따라 일어섰다. 두 사람은 천천히 한참을 더 걸었다. 다시 한적한 곳에 이르자 아버지가 걸음을 멈추고 어두워 잘 보이지도 않는 아들을 바라보며 말했다.

"네 어머니와 형, 동생은 생각해 보았느냐?"

"네."

"그런데 어떻게 그런 짓을 한단 말이냐?"

"그러면 어떻게 해요? 이 나라가 계속 이렇게 가야 해요?"

"그건 네가 말할 문제가 아니다."

"아버지, 왜 제가 말할 문제가 아니에요? 이 나라의 미래와 젊은 사람들의 장래가 걸려 있는데요."

두 사람 다 한참 말이 없었다. 아버지가 다시 물었다.

"너는 너희들이 성공하리라고 보느냐?"

"아니요. 성공하지 못하리라고 보아요."

"그런데 왜 그런 짓을 했느냐?"

"아버지!"

아버지는 앞장서서 집 쪽으로 방향을 잡고 걸음을 옮

기기 시작했다. 집에 거의 다 왔다. 아버지가 천천히 돌아서서 뒤따라오는 아들을 보며 말했다.

"오늘 네 얘기는 내가 안 들은 것으로 하겠다. 그리고 너는 기회를 봐서 그 단체에서 빠져나와라. 어떻게 해서든 꼭 빠져나와야 한다. 내 말 알겠느냐?"

아들은 대답이 없었다. 집 앞에 왔다.

"내 말 명심해라. 쏙 빠져나와라."

아들은 "아버지." 하고 한 번 더 부르고는 고개만 숙이고 아무 말이 없었다.

그날 밤부터 간부는 깊은 고민에 빠졌다. 둘째 아들은 절대로 그 단체에서 나오지 않을 것이고, 혁명 사업도 계속할 것이다. 그러면, 그 다음에는 어찌 된단 말인가.

2주 후 일요일에 광장에서 두 번째 구호 사건이 일어났다. 그의 직속상관인 경찰청장은 부하 직원들을 죽일 듯이 몰아세웠다. 간부는 자신이 어떤 결단을 내려야 할 때가 다가오고 있음을 직감했다.

둘째 아들이 속한 그 단체는 곧 발각될 것이고, 회원들은 체포될 것이다. 둘째 아들도 체포될 것이다. 둘째 아들은 죽거나 죽을 때까지 특별수용소에서 강제 노역을 하게 될 것이다. 자신은 숙청될 것이고, 나머지 두 아들도 절대로 무사하지 못할 것이다.

자신은 살 만큼 살았으니 어찌 되어도 괜찮다. 그러나 아직 젊은 저 세 아들이 그렇게 허망하게 인생을 끝낼 수는 없었다. 아버지로서 무슨 일이든 해야 했다.

그의 목표는 간단했다. 세 아들을 살리는 것만이 그의 유일한 목표였다. 방도를 찾아야 하는 그의 고뇌는 시시각각 깊이를 더해갔다. 부인에게조차 말하지 않고, 며칠을 궁리하고 또 궁리했다.

현재로서 아들들을 살릴 수 있는 가장 좋은 방법은 둘째 아들이 그 단체에서 빠져나오고, 구호 사건에 연루되었다는 모든 증거를 없애는 것이다.

그러나 둘째는 그 단체에서 나오지 않을 것이고, 증거를 인멸할 방법도 없다. 자신은 사건의 내막을 잘 모를 뿐 아니라 어설프게 증거 인멸을 시도했다가는 오히려 상황을 더 악화시킬 우려가 있다.

자신이 둘째 아들을 직접 고발하는 방안도 생각해 보았다. 그러나 그런다고 해도 나머지 두 아들이 무사하리라는 보장이 없다. 오히려 나머지 두 아들마저 사건에 연루되었다는 올가미를 뒤집어쓸 가능성이 더 컸다.

구호 사건과 아들의 행동에 대한 책임을 지고 자신이 죽음을 택하는 방안도 생각해 보았다. 그러나 그것도 마땅치 않았다. 내가 책임지고 죽는다고 해도 아들들이 무사하리라는 보장이 없다.

방법이 막막했던 그는 마침내 자신이 위원장과 함께 죽는 길을 고려하기 시작했다. 아들들을 살리기 위해서라면 그는 어떤 일도 할 수 있었다. 그는 위원장을 살해한다는, 감히 상상도 할 수 없는 방안을 구체화하기 시작했다.

그는 위원장이 죽으면 웬만한 사건들은 수사가 일난 중단될 것으로 보았다. 구호 사건 정도는 미제로 넘어갈 가능성이 컸다. 그렇게 되면 아들들이 피해 나갈 수 있는 틈새가 생길 수 있을 것 같았다.

위원장의 죽음에 대한 수사는 당사자인 내가 죽음으로 원인 규명과 진행이 어려워질 것이다. 내 가족이 연루되었다는 증거가 없으므로, 가족에 대한 문책도 그다지 심할 것 같지 않았다.

그의 마음은 점차 위원장과 함께 죽는 쪽으로 기울어지고 있었다. 그는 처음부터 다시 계획을 검토하고 확인해 보았다. 아무래도 그 방법 이외에는 다른 길이 없었다. 마침내 그는 결심을 확고하게 다졌다.

"함께 죽자. 그러면 내 아들들이 살 길이 보일 것이다. 그 길밖에 없다."

죽음을 택하기로 한 그는 자기 일생을 돌이켜보았다.

그동안 얼마나 많은 악독한 짓을 해왔으며, 얼마나 많은 사람을 죽였는지, 셀 수도 없었다. 그러나 그 모든 행동은 모두 내 자식들을 위해서였다고 말할 수 있었다. 그는 그 모든 업보를 자신이 안고 가기로 했다.

"내가 아버지로서 너희들에게 마지막으로 해줄 수 있는 것은 나의 죽음밖에 없구나."

다음 날 저녁, 그는 위원장의 동선 중에서 가장 적당하다고 선택한 장소에 소형 고성능 폭탄을 숨겨두었다. 그리고 기회를 노렸다. 한두 차례의 기회가 있었지만 완전하지 않았다. 더 확실한 기회를 노렸다.

사건 당일이 되었다. 위원장이 저녁식사를 하기 위해 그 장소 앞을 지나가게 되었다. 그는 바로 지금이라는 확신이 섰다. 그는 숨겨두었던 폭탄을 꺼내 주머니 속에 감추고 위원장 뒤에 가까이 다가갔다.

간부가 위원장을 덮칠 때 그는 "비켜! 비켜!" 하고 큰 소리로 외쳤다. 곁에 있던 10여 명이 모두 그 소리를 듣고 순간적으로 멈칫하고 있을 때 간부가 홀로 위원장에 달려들어 자폭한 것이다.

그와 위원장의 몸이 함께 산산조각 허공으로 날아갔다. 주변 사람들은 무슨 일이 일어났는지 제대로 알지도 못했고, 아무런 대응도 할 수 없는 지극히 짧은 순간이었다.

그의 예상대로 당국과 인민은 그의 죽음에 대해 크게 관심을 가지지 않았다. 사건 원인 파악과 수사도 지지부진했다. 그들에게 중요했던 것은 오로지 위원장의 죽음 자체일 뿐이었지, 한 미친 경찰 간부의 자살행위는 아니기 때문이었다.

그 결과, 그의 희망대로 세 아들은 목숨을 건질 수 있는 시간을 벌었다.

5.

북한의 위원장이 사망한 지 3주 만에 위원장 동지의
서거 사실이 공식 발표되었다. 앞으로 국가는 집단지도
체계로 갈 것이며, 인민들은 위대했던 위원장 동지를 깊
이 애도하고, 흔들림 없이 각자의 일에 충실해 달라는
당부가 있었다.

국가는 한 달간의 애도 기간으로 들어갔다. 어디에서
나 흐느끼는 사람들을 흔히 볼 수 있었다. 그들에게 위
원장의 죽음이란 하늘이 울고, 땅도 울 일이었다. 그들
의 슬픔은 진심이었으며, 가슴은 갈기갈기 찢어졌다.

장례식은 추모객의 흐느낌만 가득한 가운데 검소하게
치러졌다. 이후 끝도 없이 긴 참배행렬이 금수산태양궁
전 앞에 줄을 섰다. 참배객들은 위원장의 관을 향해 극
진한 애도의 예의를 갖추었다.

한 달간의 애도 기간에는 전국이 추모의 분위기와 함

께 거의 모든 업무가 중단되었다. 특별한 사건 없이 조용히 애도 기간이 끝나자 사람들은 다시 일상생활로 돌아갔다. 그리고 두세 달이 지나갔다.

그 무렵부터 북한 전역에서 어떤 변화가 일어나고 있었다. 그것은 아주 조용하게 일어나고 있었으나 전국 어디서나 거의 동시에 잔잔한 물결을 일으키며 흘러가고 있었다. 그 물결은 막을 수 없었으며, 다시 뒤로 돌릴 수 없는 현상이었다.

그 물결은 '자유'라는 개념의 등장이었다. 누가 앞장서서 말한 것도 아니고, 외부에서 유입된 것도 아니었으며, 공식적으로 언급된 것은 더구나 아니었다. 그래도 그들의 의식 속에 자유라는 형상이 떠올랐다.

북한의 주민들은 위원장이 살아 있을 당시에는 정신적, 신체적으로 항상 감시와 통제 아래 살고 있다는 사실을 당연시하며 살아왔다. 그리고 자신보다는 위원장과 국가가 우선이었다. 그러나 불과 몇 달 사이에 그들의 의식은 근본적으로 달라졌다.

그로부터 또 몇 달이 지났다. 북한 사람들은 의식 속에 있던 자유를 행동으로 실천하기 시작했다. 누구도 다른 사람을 감시하거나 다른 사람의 일에 간섭하지 않았고, 오로지 자신의 생계에만 충실하였다.

그들은 마치 오래전부터 그랬던 것처럼, 자유와 평등을 누리며 살기 시작했다. 비록 의식주에 부족함이 있고 여러 가지 여건이 녹록하지 않았지만, 그것은 불편함을 주는 것이었지 본질은 아니었다.

현재의 국가 운영 방식과 정치 형태는 위원장의 죽음 이전과 큰 차이가 없었다. 단지 일인 독재의 수직적 지배 체제에서 집단 체제로 바뀐 것뿐이었지만, 세상은 믿을 수 없을 만큼 변하였다.

또 두세 달이 지나갔다. 하나의 극단적인 변화가 현실에서 나타났다. 전국에 산재한 수십 개의 수용소 중 하나인 평안북도의 한 수용소에서 어느 날부터인가 감시와 노동의 강도가 크게 떨어졌고, 동시에 수용자 사이의 대화를 묵인하기 시작했던 것이다.

지금까지 모든 수용소에서 수용자들 사이의 대화는 엄격하게 금지되어 있었다. 그러나 이 수용소에서는 몇 주 전부터 간단한 대화가 묵인되고 있었다.

이 변화를 감지한 수용자들이 기회가 날 때마다 서로 의견을 나누고 정보를 교환했다. 그들은 위원장이 죽고, 세상이 바뀌었다는 사실도 알게 되었다.

수용자들이 의견을 모으기 시작했다. 일부 수용자들이 수용소 측에 자유 대화를 공개적으로 요구하자고 의견을 모았다. 또 다른 사람들은 어떻게 그럴 수 있냐고, 죽고 싶냐고 펄쩍 뛰었다.

그러나 많은 수용자가 그 요구가 관철될 것으로 보고 있었다. 이제 세상이 바뀌었는데 그들이 우리의 요구를 굳이 안 들어줄 이유가 뭐냐고 담담하게 말했다.

수용자 대표 두 사람이 수용소장에게 면담을 신청했다. 그들은 면담 자리에서 조건 없는 자유 대화 허락을 요청했다. 수용소장은 그들을 한참 동안 물끄러미 바라보더니 이틀의 시간을 달라고 했다.

이틀 후, 그 요구는 허락되었다. 수용소장이 상부에 보고도 하지 않고 재량으로 허락한 것이었다. 수용자들은 한편 놀라면서도, 그렇게 될 줄 알았다는 반응을 보였다.

수용자들이 자유롭게 대화할 수 있게 되자 수용자들 사이에 의견 교환이 활발하게 진행되었다. 이어 갑론을박 끝에 그들의 다음 요구 조건이 결정되었다.

수용자들은 수용소 측에 다시 그들의 요구 조건을 제시했다. 그들의 요구는 단순했지만 몇 달 전 만 해도 상상도 할 수 없는 어마어마한 내용이었다. 전 수용자의 단기간 내의 무조건 석방을 요구했던 것이다.

수용소장은 이 요구 내용을 즉시 상부에 보고했다. 중

앙 정부에서는 이 문제를 깊이 있게 논의했다. 나흘 후, 정부에서는 모든 수용자를 조건 없이 즉각 석방하라는 지침을 수용소에 통고했다.

참으로 놀라운 요구였으며, 예상 밖의 단행이었다. 어떻게 이런 일이 이렇게 신속하고 명쾌하게 이루어질 수 있는지 당사자들조차 믿기 어려웠다.

석방은 즉시 시행되었다. 수용소에서는 수용자들에게 원래의 소지품과 그동안의 노역에 대한 보상이라며 일반 복장 한 벌, 최소한의 비용과 기차를 이용할 수 있는 통행권을 주어 각자의 고향으로 돌려보냈다.

모든 수용자가 "감사합니다."라는 간단한 인사 한마디만 남기고, 별 표정 없이 수용소에서 나와 각자 집으로 돌아갔다.

2주일 이내에 전국의 모든 수용소에서 같은 방식으로 수용자들이 석방되었다. 그들은 대부분 심각한 정치범, 사상범이었으며 일부 강력범도 있었으나 그들 모두에게 평등한 자유와 귀향이 허용되었다.

이런 조치가 이루어지는 동안, 모든 수용자가 질서 있고 차분하게 말없이 지시에 따랐다. 그들이 꿈에도 그리던 자유와 행복은 이렇게 예고 없이 한순간에 찾아왔다.

곧이어 수용소의 관리자들에게 자유가 주어졌다. 원

하는 사람은 모두 고향으로 돌아갈 수 있도록 허락되었다. 대부분 고향으로 돌아갔다.

그 악명 높던 수십 개의 강제수용소가 이제는 모두 텅 빈 채 적막감만 맴돌았다. 수용소의 단단한 건물들과 겹겹이 쌓아진 높은 담과 음산한 철조망은 과거의 유물이 되었다.

수용소 개방에 이어 북한의 모든 인민에게 전면적인 자유가 보장되었다. 인민들은 이동의 자유와 경제 활동의 자유를 누릴 수 있게 되었다. 이제부터는 각자의 능력과 취향에 따라, 가고 싶은 곳에 가고, 하고 싶은 일을 할 수 있게 되었다.

북한은 국가의 근본이 바뀌었고, 인간에 대한 인식이 달라졌다. 북한의 강토에서는 지금까지 인류 역사상 유례를 찾아볼 수 없는 평화가 유지되고 있었다. 그러한 변화가 이루어지는 동안, 국가나 사회에서는 어떠한 불만이나 혼란도 일어나지 않았다.

전 세계가 놀랐다. 위원장의 갑작스러운 사망으로 북한은 극심한 내부 혼란을 겪을 것으로 예상되었다. 가장 강압적이고 독특한 독재체제 국가였으므로 후계 선정 문제와 권력 쟁취를 위한 투쟁으로 아마도 잔혹한 내란 상태로 접어들 것으로 보았다.

그러나 그 예상은 완전히 빗나갔다. 세계의 어느 국가, 그 누구도 이 놀라운 평화를 예상하지 못했다. 그저 놀란 눈으로 바라볼 뿐이었다.

　"저럴 수가, 어떻게 저럴 수가 있을까?"

　한국의 한 사회심리학자의 이론에 많은 세계인이 공감했다.

　"북한의 인민들은 모두 바보처럼 보였으나, 사실 그들은 인간의 본성을 가장 잘 보존한 사람들이었다. 인간은 상황에 따라 극단적으로 변화할 수 있고, 언젠가는 본성이 나타날 수 있다는 것을 그들이 명백하게 보여주었다. 인간은 본래 선한 존재다. 그들은 본래의 선한 본성으로 돌아왔을 뿐이다."

3.

∞ 천상의 세계 ∞

1.

"단군아! 단군아!"

"음~ 음~ "

"단군아, 눈을 떠 보아라."

"눈이 안 떠지옵니다. 아버님."

"허허, 네가 아직 눈도 못 뜨는 아기로구나. 그런데 네가 어찌 나를 아버님이라고 부르느냐?"

"이 세상에서 저를 단군이라 부를 분은 아버님 한 분 밖에 안 계십니다."

"그래, 그건 그렇구나. 자, 힘껏 눈을 떠 보아라."

"네, 아버님."

단군이 힘겹게 눈을 떴다. 단군의 눈에 보이는 것은 우주였다. 끝없이 넓고 어두운 공간과 아득한 저 멀리에 별들이 듬성듬성 보일 뿐이었다. 그 텅 빈 공간에 단군 홀로 둥둥 떠 있는 것이었다.

"아버님, 여기가 어딥니까? 어디에 계십니까? 아무것도 없습니다. 무섭습니다. 아버님, 어디 계십니까?"

"너도 무서운 것을 아느냐?"

"네, 무섭습니다."

"무서워 마라. 내가 네 곁에 있다."

"제 곁 어디에 계십니까? 아무것도 보이지 않습니다."

"단군아, 네가 떠 있는 이 우주가 곧 나다. 내가 우주의 주관자인 천제이니라."

"아버님이 천제이시라고요?"

"그렇다. 나는 인간의 모습을 하고 있지 않다. 천제이셨던 내 아버님, 그러니까 네 할아버님이 이 우주를 떠나시면서 나를 천제로 만드셨구나. 지금은 내가 우주의 모든 일을 관장하고 있느니라."

"아, 그렇습니까."

"나는 항상 네 곁에 있었다. 네가 지상에서 2천 년, 천상에서 3천 년을 살아 모두 5천 년을 살며 단 하루도 네 할아버님과 나와 네 어머니를 생각하지 않은 날이 없다고 하지 않았느냐. 나는 단 하루, 단 한 순간도 네 곁에서 떠나지 않았다. 단지 네가 나를 보지 못하고 알지 못했을 뿐이니라."

단군이 놀라며 생각에 잠겼다.

"그것이 그렇게 된 것입니까?"

"그래, 이제 이해가 되었느냐."

"예, 알겠습니다. 그런데 어머님은 어디 계십니까?"

"네 어머니도 항상 네 곁에 있었다. 네가 지상과 천상에서 밟고 서 있던 땅이 바로 네 어머니였느니라."

"아, 땅이 어머니였다고요? 저는 몰랐습니다."

"네가 그것을 어찌 알겠느냐."

"네, 아버님."

"사랑하는 내 아들 단군아. 네가 천상에 있을 때 너의 후손인 지상의 인간들이 큰 잘못을 저질러 절멸당하게 되자 네가 그들을 살리기 위해 지상에 내려갔다 오지 않았느냐. 그것이 천기누설의 큰 죄를 저지른 것이었느니라. 그 벌로 너는 지금 우주에 홀로 유배를 와 있는 것이니라."

"네 아버님. 저는 그때 이미 어떤 벌도 받을 각오를 하고 있었습니다. 그런데, 다른 사람들은 모두 어찌 되었습니까?"

"너와 마찬가지로 지상에 내려갔다 온 강감찬은 홀로 천상의 세계에 남겨져 있다. 나머지 영혼들은 저 먼 별에 흩어져 유배되어 있느니라."

단군은 아무 말도 할 수가 없었다. 한참 후에 조심스

레 물었다.

"아버님, 그들을 용서해 주실 수는 없겠습니까?"

"내, 네가 그리 말할 줄 알았다."

"아니 되는 일이옵니까?"

"그런 일을 어찌 내가 된다, 안 된다고 말할 수 있겠느냐. 그것은 내가 결정할 수 있는 일이 아니니라."

"그러면 누가 결정합니까?"

"그것은 누가 결정하는 것이 아니라 규율에 따를 뿐이니라."

"그렇습니까? 그래도 아버님은 천제이시니 정상을 참작하여 은혜를 베풀 수 있지 않겠습니까?"

천제 환웅은 잠시 말이 없었다.

"정상참작이라. 그렇지. 후손을 살리기 위해 천상의 규율을 어겼으니 정상참작을 할 수도 있겠지."

"아버님, 아니 되겠습니까?"

"때가 되면 어떤 처분이 있을 것이니라."

"그때가 언제입니까. 아버님이 윤허해 주십시오."

"허허, 네가 참으로 떼를 쓰는구나."

"아들이 아버지한테 떼를 못 쓰면 누구에게 떼를 쓰겠습니까?"

천제는 한참 동안 대답이 없다가 말을 이었다.

"너는 떼를 쓸 아버지가 있지만, 지금 나에게는 아버님이 안 계시는구나."

"할아버님은 어디에 계시옵니까?"

"네 할아버님은 다시 오지 못할 곳으로 영원히 가셨느니라."

"네? 다시 못 올 곳으로 영원히 가셨다고요?"

"그래, 가셨느니라."

단군은 더 물을 수가 없었다. 한참을 가만히 있던 천제가 천천히 말했다.

"이 우주는 무한대無限大의 세계다. 시간도 무한대, 공간도 무한대다. 끝이 없이 크다는 뜻이다. 그러나 사실 우주에는 끝이 있다. 단지 인간은 이 우주가 너무 크기 때문에 우주를 무한대의 세계로 알며 살고 있을 뿐이다. 그리고 모든 것은 시작이 있으면 반드시 끝이 있다. 우주도 마찬가지니라."

천제가 잠시 멈추었다가 말을 이었다.

"우리가 살던 지상의 세계와 이 우주는 유有의 세계다. 모든 것이 실제로 있는 곳이라는 뜻이다. 우주 밖에는 또 다른 세계가 있다. 그곳은 무無의 세계다. 무의 세계에는 아무것도 없다. 시간도 없고 공간도 없고 존재도 없다. 우리는 모두 유의 세계에서 태어나 머물다가 그 끝에 죽음에 이르며, 죽음에 이르면 육신과 영혼이 분리된다. 육신은 유의 세계인 지상에 남아 흙이 되고, 영혼은 살아온 생애에 따라 각기 다른 곳으로 가게 된다."

천제가 또 잠시 말을 멈추었다가 계속했다.

"인간 세계에서 평범하게 살다 간 대부분 사람의 영혼은 곧바로 무의 세계로 간다. 착하게 살거나 인간 세계에서 공로가 있던 사람의 영혼은 천상의 세계로 가고, 악하게 살던 사람의 영혼은 지하 세계로 간다. 천상과 지하, 두 곳에 있던 영혼들도 때가 되면 결국 무의 세계로 가게 된다. 천제이셨던 네 할아버님도 마침내 무의 세계로 가셨구나. 나도 이제 네 할아버님을 따라 무의 세계로 가야 할 때가 되었구나."

"아버님이 무의 세계로 가신다고요?"

"그럴 때가 되었구나."

"때가 되다니요? 무슨 때를 말씀하시는 것이옵니까?"

천제는 잠시 말이 없다가 말을 이었다.

"그때란 이곳에서 내가 할 일은 끝났고, 네가 새로운 천제가 되어야 할 때라는 뜻이니라."

"제가요? 제가 천제가 되다니요?"

"그렇다. 그것이 네가 해야 할 일이다. 네가 새로운 천제가 되어 우주를 이끌어야 할 것이니라."

"아버님, 저는 한 인간이었습니다. 제가 어찌 이 광활한 우주를 이끌어 갈 수 있겠습니까? 제게는 너무나 과분한 직분이옵니다."

"사랑하는 내 아들 단군아. 네 할아버님이 천제이셨고, 지금은 내가 천제다. 다음에 천제가 될 사람은 너밖에 없구나. 네가 새로운 천제가 되어야 하느니라."

단군은 천제의 말을 이해는 했으나, 자신이 감당하기에는 너무나 벅찬 일인 것 같았다. 그러나 이것은 자신이 할 수 있다, 없다고 말할 일이 아닌 것 같았다. 천제이신 아버님의 말씀에 순종하는 길밖에 없을 것 같았다. 천제가 다시 말을 이었다.

"또한 천제는 능력도 무한대, 사랑도 무한대이니라. 그리고 그 무한대의 능력과 사랑은 결국 인간을 위한 것이니라. 너는 이제부터 무한한 능력과 사랑을 가지게 될 것이다."

"제가 무한한 능력과 사랑을 가지게 된다고요? 제가 말씀입니까?"

"그럼, 너 말고 또 누가 있겠느냐."

단군은 한참 동안 말이 없다가 다시 물었다.

"그러면 인간은 지금까지 할아버님과 아버님의 무한한 사랑을 받고 있었다는 말씀이신가요?"

"그렇지. 인간이란 그렇게 소중하고 고귀한 존재다. 그런데 인간들이 그것을 알지 못하고, 가끔 인간답지 않은 일을 할 때가 있더구나. 너도 알다시피 인간이란 본래 그런 존재가 아니겠느냐."

"예, 제 생각에도 그렇습니다. 인간이란 실로 괜찮은 존재인 것 같으나, 때때로 어리석고 답답하게 보일 때가 있었습니다."

천제가 잠시 말을 멈추었다가 계속했다.

"내가 보니 너도 참으로 인간을 사랑하더구나. 네 할아버님을 닮아 그런 것 같구나."

"할아버님께서 그다지도 인간을 사랑하셨습니까?"

"그러셨지. 나는 네 할아버님의 인간 사랑을 도저히 따라갈 수가 없더구나."

"그러셨나요?"

"그러셨지. 항상 인간을 걱정하고 보살펴 주셨지."

"그러셨군요."

단군은 한참 동안 골똘히 생각에 잠겨 있었다. 단군의 상념을 깨는 천제의 말이 귀에 들려왔다.

"자, 이제 나는 떠나고 네가 천제가 될 시간이구나. 내 아들 단군아, 너와 영원히 작별할 때가 되었구나."

"가신다고요? 이렇게 잠깐 오셨다가 다시 떠나신다고

요? 그건 아니 되옵니다. 제 곁에 계셔주세요. 저를 이 무서운 곳에 홀로 버려두고 가신다고요? 수천 년 동안 아버님을 못 뵙다가 이렇게 잠시 뵈었는데 영원히 헤어 진다고요? 아, 아버님. 저를 두고 가지 마세요. 저는 아 버님 아들입니다. 아버님은 아들 곁에 계셔야 되는 것 아닙니까?"

천제는 말이 없었다. 단군이 더욱 소리높여 외쳤다.

"그러면 아버님의 저에 대한 사랑은 끝이 있다는 말 씀이신가요? 무한한 사랑이 아니라는 말씀이신가요? 그 렇지 않고서야 어찌 저를 이곳에 홀로 두고 떠난다는 말 씀을 하실 수 있겠습니까. 잠시만이라도 더 제 곁에 계 셔주세요. 아버님, 부탁입니다. 제발 부탁드립니다."

단군은 아버지 환웅 천제에게 곁에 있어 달라고 간절 하게 애원하고 또 애원했다. 단군은 이 어둡고 넓은 우 주에 홀로 있는 것이 두렵고 슬펐다. 아버지의 따뜻하고 포근한 말씀이 너무 좋았다. 조금이라도 더 아버님과 함 께 있고 싶었다. 아버지 환웅 천제는 단군의 애원에도 불구하고 작별의 말을 건네었다.

"내 아들 단군아. 내가 사라지는 것은 자연의 순리에 따르는 것일 뿐이니라. 그리고 너에게는 이제부터 네가 보살펴 주어야 할 우주와 인간이 있지 않느냐. 그들을 잘 돌보아 주어라. 너는 잘 해낼 것이다. 내가 사라진다 해도 슬퍼하거나 두려워하지 말아라."

"아버님! 아버님!"

"이제 나는 네 할아버님의 뒤를 따라 무의 세계로 간다. 사랑하는 내 아들아. 너는 참으로 훌륭한 사람이었다. 나는 네가 무척 자랑스럽구나. 뒷일을 부탁한다. 잘 있기리! 사랑하는 우리 아들아! 잘 있거라!"

환웅 천제의 목소리가 점점 작아지고 멀어지더니 다시 들리지 않았다. 단군은 사라진 아버님을 부르고 또 부르며 아득히 넓은 우주에서 홀로 외로움과 슬픔을 삭이고 있었다.

"아버님! 아버님! 아! 아버님!"

단군의 아버지 환웅 천제는 아들 곁을 떠나 무의 세계로 가버렸다. 다음 순간, 단군의 반투명 육신과 영혼은 서서히 팽창하기 시작했다. 곧이어 팽창 속도가 급속하게 빨라졌다.

단군은 커지고 커져, 마침내 우주만큼 커져, 단군과 우주는 하나가 되었다. 단군은 할아버지, 아버지의 뒤를 이어 우주의 주관자 천제가 된 것이다.

2.

세종은 인간 세계의 일에 직접 간여한 죄로 천상 세계에서 물러나 아득히 먼 우주의 이 작은 외딴 별에 유배되었다. 머리는 맨상투에 흐트러진 채였고, 복장은 누더기처럼 해져 있었다. 실로 참담한 모습이었다.

그 작은 별은 흑백 두 가지 색깔뿐인 그저 황량한 흙모래 벌판이었다. 세종은 아무것도 알 수 없고, 아무것도 할 수 없고, 희망도 없이, 몇몇 백성과 함께 그 별에 머물고 있었다.

그 별의 백성들 역시 인간의 일에 간여한 벌로 이 별로 유배된 영혼들이었다. 후손을 살리기 위해 희생을 마다하지 않은 영혼들이었다. 그들도 엉망의 복장에 몹시 피곤한 모습이었다.

세종은 먼 우주를 바라보며 끝도 없이 애원하고 또 애원했다.

"폐하, 성조 폐하, 어디에 계시옵니까? 뵙고 싶사옵니다. 폐하, 저 지상의 인간들이 염려되옵니다. 저 어리석고 불쌍한 백성들이 또다시 무슨 큰 죄나 짓지 않을까 심히 염려되옵니다. 만일 저들이 또 무슨 큰 잘못을 저지르면 그때는 어찌 되옵니까. 불안하옵니다. 걱정되옵니다. 성조 폐하, 부디 저들을 보살펴 주시옵소서!"

세종은 끊임없이 간질하게 단군 성조에게 애원하고 또 애원하였다. 세종 주변의 백성들도 같은 마음이었다. 세종이 이곳에서 할 수 있는 일이란 오로지 성조 폐하만 안타깝게 부르며, 지구의 백성을 걱정하는 일뿐이었다.

3.

세종은 또 다시 안타깝게 성조 폐하만 부르고 있었다.
사방의 암흑 속에서 몇 개의 희미한 작은 점이 나타나더
니 점점 커지면서 그대로 달려와 세종이 있는 별과 부딪
쳤다. 그 별들과 부딪쳐 합쳐진 세종의 별은 무척 커지기
시작했다.

그 별들에서 사람 형태의 영혼들이 나타나기 시작했
다. 그들 역시 천상의 세계에 있다가 우주로 유배 갔던
영혼들이었다. 그들은 세종의 별로 옮겨와 모두 세종의
주변으로 모여들었다.

한 영혼이 다가와 엎드리며 세종에게 인사를 올렸다.

"전하, 신 김종서 문안드리옵니다."

"아, 그대가 돌아왔구려. 잘 왔소, 정말 잘 왔소."

또 다른 방향에서 한 영혼이 다가왔다.

"전하, 신 이종무 돌아왔사옵 "

그 냉철하고 강인한 이종무가 인사말을 제대로 끝맺지
못했다. 인사를 받는 세종도 감격에 겨워 아무 말도 하
지 못하고, 겨우 손만 들어 반가움을 표시할 뿐이었다.
그 뒤로 수많은 신하와 백성이 여러 방향에서 다가와 세
종에게 인사를 드렸다.

"전하, 이렇게 다시 뵈올 수 있어 무어라 말씀드릴 수
없이 감격스럽사옵니다."

"고맙소. 모두 이렇게 돌아와 줘 정말 고맙소."

세종은 목이 메어 더 말을 잊지 못하였다. 신하들을
살펴보던 중 저 뒤에 엎드려 있는 성삼문을 발견하였다.

"아, 삼문! 그대도 돌아왔구려. 반갑소. 잘 왔소."

성삼문은 대답도 못 하고 어깨를 들썩거려 흐느끼며
재회의 감격을 표시할 뿐이었다. 모두 어느 정도 감격이
가라앉자 세종이 성삼문을 불렀다.

"지금 이 일이 어찌 된 것인지 자초지종을 설명할 수
있겠소?"

"미욱한 소신이 그것을 어찌 알겠습니까마는, 아마도
우리가 모두 유배에서 풀려난 것이 아닌가 하옵니다."

"나도 그렇게는 생각하오. 그런데 왜, 어떻게 풀린 것
인지 모르겠소. 그리고 앞으로 무엇이 어찌 될 것인지도
모르겠소."

"전하, 소신에게 잠시 생각을 정리할 시간을 주시옵소서."

"그렇구려. 미안하오. 내가 너무 마음이 급해 서둘렀구려. 천천히 생각해 보시오."

세종은 다시 만난 신하와 백성들과 일일이 인사하며, 기쁘게 해후했다. 그러는 사이에도 많은 별이 계속해서 다가와 부딪치며 합쳐졌다. 잠시 후에 성삼문이 세종에게 다가왔다.

"전하, 소신의 짧은 소견으로는, 아마도, "

"어서 말씀해 보시오."

세종과 성삼문의 주위로 신하와 백성들이 모여들었다. 성삼문이 이 상황을 어떻게 정리하고 해석하는지 너무나 알고 싶었던 것이다.

"우리 모두 유배에서 풀린 것은 틀림없는 듯하옵니다. 그러나 완전히 풀리지는 않은 듯하옵니다. 왜냐하면 천상의 세계로 돌아가지 못하고 이 낯선 곳에 모여 있기 때문입니다."

"그렇구려."

"또한, 전하를 비롯하여 소신 등을 유배에서 풀고, 이곳에 모이게 한 것이 누구인지 알 수가 없습니다. 성조 폐하일 수도 있겠으나 폐하께옵서도 유배를 떠나셨고 지금 어디 계신지 알 수가 없습니다. 성조 폐하가 아니라면, 누가 육신 없이 영혼뿐인 우리를 이리 마음대로 움직일 수 있겠습니까. 아마도 성조 폐하보다 더 크고 위대한 누군가 어디에 계시지 않을까 추측되옵니다."

성삼문의 말을 들어보니 모두 일리가 있는 것 같았다. 그러나 쉽게 동의할 수가 없었다. 영혼들은 너무 어려운 문제에 부닥쳐 정신이 어시러울 뿐이었다. 성삼문이 다시 말을 시작했다.

"아마도 성조 폐하의 아버님이신 환웅 폐하나 할아버님이신 환인 천제께옵서 이 모든 일을 주관하시는 것이 아닐까 하는 소견이 듭니다마는, 그것은 너무나 엄청난 가상이라 소신이 감히 더 이상 무어라 말씀드리기 어렵사옵니다."

어느 영혼도 말이 없었다. 단지 성삼문의 혜안과 추리력에 경탄할 뿐이었다. 세종이 다시 물었다.

"그렇다면, 여기에 우리가 모이게 된 것은 어떤 연유겠소?"

"전하, 미욱한 소신에게 어찌 그리 많은 난해한 문제를 내리시옵니까. 소신, 감당키 어렵사옵니다."

"그렇소?"

세종이 웃으면서 한마디 던졌다. 세종이 웃는 것이 실

로 얼마 만인가. 세종뿐 아니라 모든 영혼이 유배 이후 한 번도, 한순간도 웃을 수 없었으나 이제 웃을 수 있는 여유를 가지게 된 것이다.

모두 반갑게 이야기를 나누며 즐거운 시간을 가지는 동안, 저쪽에서 홀로 심각하게 생각을 모으던 성삼문이 세종 앞으로 다가왔다. 사람들이 다시 세종과 성삼문 주변으로 모여들었다.

"신 성삼문, 전하께 감히 망령된 말씀을 하나 올리고자 하옵니다. 그것이 너무나 외람되어 차마 입에 올릴 수조차 없겠사오나 감히 전하께 아뢰옵고자 하오니 윤허하여 주시옵소서."

세종이 성삼문을 보면서 미소 지으며 말했다.

"이보시오 삼문, 무얼 그리 어렵게 이야기하시오. 내 편히 들을 테니 기탄없이 말해 보시오."

모든 사람이 너무나 진지하게 아뢰는 성삼문이기에 또 무슨 엄청난 이야기를 하려나 하고 긴장하지 않을 수 없었다.

"전하, 소신의 좁은 소견으로 소신 등은 이제 이 우주에서 마침내 영원히 소멸될 존재가 아닌가 하옵니다. 그리고 그 시기가 그리 멀지 않은 듯하옵니다."

성삼문의 말에 모든 영혼이 더없이 진지해지며 아무

말도 하지 못하고 있었다. 세종 역시 한동안 말이 없다가 낮은 소리로 물었다.

"그대의 말은 이제 우리의 영혼도 육신과 마찬가지로 곧 죽음을 맞이하여 소멸된다는 말이 아니겠소."

성삼문이 문득 엎드려 통곡을 놓으며 말했다.

"전하, 소신 등은 그리 된다 할지라도 전하만은 영원히 남아 계셔야 할 것이옵니다."

가슴 아픈 일이었다. 어찌 신하로서 전하의 죽음을 입에 올릴 수 있다는 말인가. 비록 그것이 영혼의 죽음이라 할지라도 죽음은 죽음이었다. 세종이 담담하게 말을 받았다.

"그대들이 가면 나도 가오. 당연한 일을 무얼 그리 어렵게 이야기하시오. 나는 항상 그대들과 함께 할 뿐이요. 일어나시오."

"망극하옵니다, 망극하옵니다."

세종이 신하와 백성들을 오랫동안 물끄러미 바라보았다. 지금 이 황량한 벌판에서 지극히 참담한 모습으로 어떻게 영혼의 수명을 연장하며, 수명을 연장한들 무슨 의미가 있단 말인가. 긴 침묵이 이어지고 있었다.

성삼문이 주제를 바꾸어 다시 이야기를 시작했다.

"전하 곁에 소신 등이 다시 모이게 된 것은 앞으로 우리가 아마 마지막이 될지도 모르는 어떤 일을 해야 한다는 의미가 아닐지 모르겠사옵니다."

"우리가 해야 할 마지막 일? 그런 일이 있을 수 있겠소? 그리고 우리가 그런 일을 할 수 있겠소?"

"전하께옵서는 신태수를 살리셨나이다. 또한 우리 모두 힘을 합하여 한 차례 인간 세계를 구했나이다. 우리가 여기에 모인 것은 우리에게 또 다른 어떤 책무가 부여된 것이 아닌가 하는 추정을 해볼 수 있을 것 같사옵니다."

세종은 듣기만 했다. 성삼문이 말을 이었다.

"소신이 생각해 보건대, 전하를 비롯한 우리는 모두 육신이 없는 영혼뿐이옵니다. 인간의 시선으로 볼 때 우리는 있을 수 없는 존재이옵니다. 그러나 실제로는 여기에 모여 있사옵니다. 따라서 우리는 있을 수도 있고, 없을 수도 있는 존재이옵니다."

성삼문이 잠시 말을 쉬고 세종을 올려다보았다. 세종을 비롯한 모든 사람이 성삼문이 하는 말의 내용을 알 듯 모를 듯하여 난감한 표정을 짓고 있었다.

"계속해 보시오."

"따라서 소신 등은 실제로는 아무것도 할 수 없사오나, 다르게 생각해 보면, 소신들에게 남아 있는 영혼의 힘을 다시 모은다면, 그것이 비록 허상이라 할지라도 무엇인가 남길 수 있지 않을까 하는 가상을 해보는 바이옵니다."

성삼문이 말을 멈추었다. 세종이 조금 급하게 말했다.

"계속해 보시오."

"황공하오나 소신, 아무리 추정해 보아도 그다음의 일은 알지 못하겠나이다. 통촉해 주시옵소서."

세종을 비롯한 모든 사람이 침묵에 빠졌다. 아무도 말이 없었고, 그들의 논의에 더 이상의 진전은 없었다. 한참 후에 세종이 어렵게 말을 이었다.

"그대의 말은 우리가 마지막으로 영혼의 힘을 다시 모아 무엇을 하기는 해야겠으나, 그것이 무엇인지 알 수 없다는 뜻이 아니겠소?"

"그러하옵니다. 전하."

세종은 성삼문으로부터 눈길을 돌려 한참 동안 먼 곳을 바라보았다. 세종이 낮은 목소리로 명을 내렸다.

"우리가 무엇을, 어떻게 해야 할 것인지, 모두 구상해 보도록 하시오."

아무리 기다려 보아도 누구도 말이 없었다. 답답해진 세종이 뒷짐을 지고 먼 우주를 바라보았다. 마침내 세종은 우주의 한 방향을 바라보며 경건하게 무릎을 꿇었다.

모든 신하와 백성들이 따라 무릎을 꿇었다.

"폐하! 성조 폐하! 어디에 계시옵니까. 엎드려 비옵니다. 소신 등이 할 일을 가르쳐 주시옵소서."

"가르쳐 주시옵소서."

모든 영혼이 무릎 꿇고 엎드려 간절하게 성조 폐하의 가르침을 바라고 기다리고 있었다.

얼마나 그렇게 하고 있었을까. 한 가닥 부드러운 바람이 휘이 하고 불어오며 엎드려 있는 사람들의 머리카락과 옷자락을 살며시 흔들며 지나갔다. 한 번, 두 번, 세 번 바람이 지나갔다.

갑자기 성삼문이 벌떡 일어나더니 큰 소리로 외쳤다.

"전하! 성조 폐하께옵서 전하의 간청에 응답하셨습니다. 이곳은 바람이 일어날 곳이 아닙니다. 그런데 바람이 불어 소신들의 머리카락과 옷깃을 흔들었사옵니다. 이것은 성조 폐하께옵서 소신 등을 살펴보고 계시다는 뜻을 전하는 것으로 보이옵니다. 어찌 이곳에 바람이 있을 수 있겠습니까. 성조 폐하께옵서 소신 등을 가엾이 여겨 가르침을 주실 것이 틀림없사옵니다."

잠시 머뭇거리던 모든 신하와 백성이 성삼문의 말을 이해하고, 기쁨에 넘치는 목소리로 한꺼번에 외쳤다.

"그렇습니다. 성조 폐하께서 응답을 주셨습니다."

세종이 안도의 큰 숨을 내쉬며 말했다.

"그렇소. 나도 삼문의 말이 옳다고 생각하오."

모든 영혼이 안심 속에 생기가 돌기 시작했다. 엎드린 채로 다시 머리를 조아리며 감사의 예를 올렸다.

"성조 폐하! 감사하옵니다! 감사하옵니다!"

4.

세종이 천천히 일어서며 말했다.

"우리가 해야 할 일, 그것이 과연 무엇이겠소?"

또다시 긴 침묵이 지나가고 있었다. 누구에게도 어떤 발상도 떠오르지 않는 듯했다. 그때였다. 저쪽에서 노인 한 사람이 조심스레 앞으로 나오며 세종 앞에서 깊이 머리를 숙였다.

"소인은 전에 한양 웃골에서 목수일을 하던 한칠수라 하옵니다. 소인이 감히 전하께 한 말씀 올릴 수 있도록 허락하여 주시옵소서."

"오, 그래요. 어르신께서 하고 싶은 말씀이 있으면 마음 놓고 하십시오. 듣고 싶습니다."

잠시 머뭇거리던 노인이 용기를 내어 말을 꺼냈다.

"좀 전에 어떤 나으리께서 우리는 아무것도 할 수 없으나, 허상으로는 무엇인가 남길 수 있지 않겠느냐고 말

쓸하셨습니다. 그래서 소인네가 그 말씀을 곰곰이 생각해 보니, 제가 목수인지라 허상으로는 집도 지을 수 있고, 가구도 좀 만들 수 있을 것 같았사옵니다. 이제 소인 영혼의 목숨도 얼마 남지 않은 것 같사옵니다. 제가 아주 사라지기 전에 마지막으로 어떻게 하든 물건 몇 가지라도 만들어 남길 수 있다면, 소인은 그것으로 제가 살아온 보람을 느낄 수 있을 것 같시옵니다."

　모든 사람이 잠시 아무 말이 없다가 이내 노인의 말을 이해하고 감탄하였다. 그랬다. 노인의 말이 바로 모두가 원하던 발상이었던 것이다. 김종서가 썩 앞으로 나서며 아뢰었다.

　"전하, 저 어르신의 말씀이 너무나 타당한 듯하옵니다. 소신 등이 미처 생각하지 못했던 것을 저 어르신께서 깨우쳐 주셨습니다. 그리하여, 지금 소신 등이 할 수 있는 일은, 비록 그것이 허상일지라도 각자 자신이 만들 수 있는 물건을 만들고, 할 수 있는 일을 하는 것으로 보이옵니다. 목수는 목수일로, 석공은 석공일로, 농부는 농사일로, 관리는 관리대로 무엇인가를 남길 수 있을 것 같사옵니다. 그것이 지금은 비록 허상이라 할지라도 언젠가는, 영겁의 시간이 지난 다음이라도, 다시 쓸모 있게 될 줄 어찌 알겠사옵니까. 전하, 아뢰옵기 황공하오

나, 이것이 소신 등에게 남겨진 마지막 기회이자 책무인
지도 모르겠사옵니다. 소신 등에게 남아 있는 영혼의 힘
을 모두 쏟아부어 각자 남길 수 있는 것을 남기도록 윤
허하여 주시옵소서."

세종은 한참 동안 깊은 생각 속에 말없이 서 있었다.

"다른 분들의 의견은 어떠시오."

모든 사람이 일제히 큰 소리로 대답했다.

"제가 할 수 있는 일을 하게 하여 주시옵소서."

세종이 그 말을 기꺼이 받아들이며 명을 내렸다.

"참으로 갸륵한 일이구려. 그러면, 지금부터 모두 자
기가 만들 수 있는 것을 만들고, 할 수 있는 일을 마음
껏 하도록 하시오."

모든 사람이 다시 한번 크게 대답하였다.

"예."

사람들은 자기가 할 수 있는 일을 다시 할 수 있다는
데에 큰 기쁨을 느꼈다. 갑자기 황량한 유배지에 활기가
돌고 사람들이 바쁘게 움직이기 시작했다.

백성들이 가장 먼저 시작한 일은 집을 짓는 일이었다.
여러 사람이 모여 적당한 자리를 골라 집터를 잡고 집을
짓기 시작했다. 기초를 다듬고 주춧돌을 놓고 기둥을 세
웠다. 기둥 위에 도리와 보를 올리고 벽을 쌓고 창문을

내고 방마다 문을 달았다. 마지막으로 지붕을 올리니 어느덧 집 한 채가 다 지어졌다.

다시 힘을 모아 부지런히 새집을 짓기 시작하였다. 집이 또 한 채 완성되었다. 힘든 일이었지만, 그렇게 하여 여기저기에 수십 채의 집이 지어졌다. 큰집, 작은집, 기와집, 초가집이 골고루 섞여 있었다. 사람들이 흥이 나고 신명이 났다.

집이 완성되자 사람들이 흩어져 집에 들어가 마당을 꾸미기 시작했다. 마사토를 바닥에 고르게 뿌리기도 하고, 멍석을 깔아 놓기도 하였다. 구석에 개집을 하나 지어주고, 닭장도 그럴듯하게 만들어 놓았다.

한쪽 구석에 창고를 짓고 그 안에 쌀가마와 온갖 잡곡도 종류별로 마련하였다. 창고 옆에 헛간을 짓고 그 안에 농기구를 용도별로 갖추어 놓고 장작을 여러 단 쌓아 놓았다. 헛간 옆에 외양간을 만들고 소 여물통까지 갖추어 놓았다. 뒤뜰에는 장독대를 만들어 놓고 크고 작은 항아리, 단지들을 잘 배열하였다.

집안의 세간살이들도 마련했다. 장롱을 만들어 놓고 이불, 요, 베개도 마련하고, 옷가지도 몇 벌 챙겨 옷장에 넣어두기도 하고 벽에 걸기도 하였다. 여자들은 부엌살림과 크고 작은 집안 물건들을 마련했다. 마지막으로 집

마다 담장을 둘렀다. 돌담집도 있고, 싸리나무 울타리 집도 있었다.

집안일이 모두 정돈되자 남자들은 밖에 나가 자신들이 생전에 업으로 삼던 일의 터전을 가다듬고 그것과 관련된 물품들을 마련하기 시작했다.

농부는 논밭을 고르고, 상인들은 시장에서 팔 물건들을 품목별로 챙겼다. 병사들은 창칼을 손질해 놓고, 관리들은 필요한 문방구와 문서들을 갖추어 놓았다. 모든 사람이 정성 들여 힘껏 자기가 할 일을 했다.

어느덧 사는 데에 필요한 것이 다 갖추어진 아주 넉넉한 마을이 하나 생겼다. 사람들이 다시 꼼꼼하게 무엇이 빠진 것이 없나, 부족한 것이 없나 하고 살펴보고 또 살펴보았다.

아름답고 풍요로운 마을이었다. 그러나 그것은 허상의 세계였으며, 생명이 없는 마을이었다. 그러나 어쩌랴. 영혼밖에 없는 인간들이 만든 세계이므로 그럴 수밖에 없었다.

이 마을을 만든 사람들은 앞으로 여기에서 누가, 어떻게 살 것인지 알 수 없었다. 아니, 누가 올 것인지조차 알 수 없었다. 그래도 그들은 할 수 있는 일을 했고, 만들고 싶은 것을 만들었다.

언젠가, 누군가, 아마도 까마득한 후손이라도 혹시 이곳에서 살게 된다면, 부디 편안하고 안락하게 살기를 소망할 뿐이었다.

자신이 할 수 있는 일을 모두 마친 사람들이 다시 세종 앞에 모였다. 그들의 표정은 행복해 보였다. 그러나 그들은 있는 기력을 다 소비하여 이제는 걷기조차 힘든 영력밖에 남아 있지 않았다.

"수고들 했소. 고생이 많았소. 그대들의 노고 덕분에 참으로 훌륭한 마을이 만들어졌구려. 내 생전에 이런 마을을 꿈꾸어 왔지만, 이제 여기에서 그것이 이루어진 것 같소."

모든 사람이 머리를 조아리며 감사와 경의를 표했다.

"성은이 망극하옵니다."

"그러나 지금 그대들을 보니 몹시 고단해 보이는구려. 이제 어찌해야겠소?"

누구나 그 답을 알고 있었다. 이제 자신들의 영혼마저 영원히 사라져야 할 때가 되었음을 알고 있었다. 모든 영혼이 이구동성으로 낮은 목소리로 대답했다.

"전하, 소인들의 영혼을 거두어 주시옵소서."

세종이 한 사람씩 애정 어린 눈길로 바라보면서 안타깝게 말했다.

"그리해야 할 때가 온 것 같구려."

지금은 세종과 신하와 백성들이 서로 영원히 작별을 고해야 할 때였다. 모든 사람이 서로 그동안의 노고를 치하하며 작별 인사를 나누었다. 인사를 다 마치자 세종을 선두로 하여 신하들과 백성들이 모두 마을 앞의 넓은 벌판으로 나왔다.

비록 남루한 복장이지만 다시 한번 단정하게 가다듬고 정신을 모은 다음, 한 방향을 향해 섰다. 세종이 큰 절을 세 번 올리고 엎드려 기원하였다. 모두 따라 엎드려 기원하였다.

"성조 폐하, 이로써 소신들이 지상과 천상에서 해야 할 일을 모두 마친 듯하옵니다. 성조 폐하, 소신들의 영혼을 거두어 주시옵소서. 마지막으로 폐하께 한 가지 소청을 드리옵니다. 지금은 어디에 있는지도 모르고, 어떻게 사는지도 모르는 저 지구의 백성을 부디 보살펴 주시옵소서."

모든 영혼이 따라 간청을 드렸다.

"백성을 보살펴 주시옵소서."

세종 등은 엎드려 미동도 하지 않았다. 한참 후에 저 앞에서부터 흙먼지를 일으키며 큰바람이 불어왔다. 바람은 천천히 다가와 엎드려 있는 영혼들을 휘감고 거대한 소용돌이를 치며 천천히 아주 천천히 지나갔다.

큰 회오리바람이 지나간 다음, 영혼들이 있던 자리에
는 아무것도 남아 있지 않았다. 이 별에 남아 있던 인간
들의 영혼은 아무런 흔적도 남기지 않고 모두 무의 세계
로 사라져 버린 것이다. 그 별에는 영혼들이 만들어 놓
은 아름다운 허상의 마을만 하나 남아 있었다.

5.

지하 세계는 지상에서 악하게 살다가 죽은 사람들의 영혼이 모여 있는 곳이다. 그들은 지상에서 사는 동안에는 다른 사람들에게 고통과 슬픔을 주는 악인이었고, 죽어서는 악령으로 이곳에 있게 된 것이다.

악령들은 반투명 육신에 영혼만 있었다. 얼굴은 눈, 코, 입, 귀가 모두 일그러져 누구인지 알아볼 수 없었다. 신체는 벌거벗은 채 불에 그을린 검붉은 형체였다. 많은 악령이 몸이 한쪽으로 기울어지거나 뒤틀려 있었으며, 팔다리가 없는 불구도 많았다.

지하 세계에는 밤낮이 없고, 언제나 같은 모양이었다. 악령들은 지하 세계의 바닥에서 타고 있는 장작더미 불꽃 위를 극심한 고통 속에서 끊임없이 콩콩 뛰며 돌아다니고 있었다.

여기저기에서 내지르는 비명, 절규, 한탄 소리에 탁탁

튀는 장작불 소리까지 더하여 그곳은 몹시 시끄럽고 어수선했다. 그들은 인간 세계에서 저지른 죄에 대한 벌을 이곳에서 그렇게 받고 있었다.

지하 세계는 땅속에 있었다. 출입구는 깊은 산, 높은 절벽 아래에 있는 대문 하나뿐이었다. 대문 앞에는 넓은 광장이 있었다. 이 대문과 광장은 인간의 눈에는 보이지 않았다.

지하 세계의 대문을 들어서면 높이 사람 키의 1.5배, 폭 10보, 길이 20보쯤 되는 통로가 있었다. 통로 끝에 사람 키의 5배쯤 되는 아래에 끝이 보이지 않는 넓은 지하 세계가 펼쳐져 있었다. 그곳은 화염과 열기만이 가득한 고통의 세계였다.

이곳의 모든 악령에게는 단 하나의 간절한 소망이 있었다. 그것은 이 형벌에서 벗어나게만 해 달라는 것이었다. 벌을 다 받고 나면 자연히 영혼이 소멸되겠지만, 그때까지는 너무 멀고 그때가 언제인지도 몰랐다.

이곳의 수많은 악령 중에서 유난히 잔인하고 악랄했던 악령이 하나 있었다. 그는 두뇌가 우수했고 좋은 직장에 다니고 있었다. 그의 외모나 행동으로 보아 그가 범죄자라고는 아무도 상상하지 못했다. 그러나 그는 변태 성욕자였다.

그는 데이트 중인 남녀를 몰래 따라가 자신이 제작한 총으로 남자를 쏴 죽이고 여자를 성폭행한 사건을 세 건이나 저질렀다. 그가 저지른 연쇄 살인 사건으로 전국이 공포의 도가니에 빠져 있었다.

　사건 당일도 그는 저녁부터 한 근린공원을 배회하고 있었다. 마침내 데이트하던 남녀 한 쌍을 발견하였다. 그는 몸을 감추고 그들에게 다가가 남자를 총으로 쏴 죽이고, 여자의 입을 틀어막고 숲속으로 끌고 가 성폭행을 자행했다.

　한참 성행위를 하고 있을 때였다. 여자가 그녀의 입안으로 들어온 그의 혀를 힘껏 깨물어버렸다. 그가 아픔에 몸부림칠 때 여자가 옆에 있던 돌로 그의 머리를 여러 차례 후려쳐 그는 머리가 깨져 죽고 말았다.

　그렇게 죽은 그는 이곳 지하 세계에 오는 순간부터 탈출을 꿈꾸었다. 그러나 혼자의 힘으로는 이곳에서 탈출하기가 불가능하다는 것을 깨달았다.

　탈출하기 위해서는 동료가 필요했다. 그러나 동료를 만들기가 쉽지 않았다. 소통해야 동료를 만들 수 있었으나 소통할 수 있는 방법을 찾기가 어려웠다.

　악령들은 눈코입이 제대로 기능하지 않았다. 그래도 그는 일그러진 눈과 입으로라도 다른 악령과 최소한의 소통이 가능하지 않을까 하는 희망을 버리지 않았다.

그는 주변을 오가는 악령을 쏘아보며 강력한 시선을 보내고 입을 크게 쩍쩍 벌려 외마디 소리를 질러 의사전달을 시도해 보았다. 그러나 어느 악령도 그를 쳐다보지 않았다.

그래도 그는 포기하지 않고 지나치는 한두 명을 지정하여 아주 가까이 다가가 따라다니며 끈질기게 강력한 시선을 보내면서 외마디 소리를 질러댔다.

"나를 보시오! 나를 따르시오!"

마침내 한 악령이 그의 의도를 알아차리고 그에게 눈길을 보내며 고함으로 응답했다.

"네!"

악령들은 서로 원하는 목표가 무엇인지 알고 있었다. 모든 악령의 공통된 목표는 오직 하나, 탈출이기 때문이었다.

그는 그렇게 몇 명의 악령을 포섭했다. 그에게 포섭된 악령들은 항상 그의 주변을 맴돌며 그의 지시를 기다렸다. 포섭된 악령들은 또 다른 악령들에게 눈길을 쏘고 외마디 소리를 질러 동료의 수를 늘려나갔다.

그는 지도자의 자질이 있었다. 많은 악령에게 고함을 지르며 눈빛을 주고받던 그는 어느 사이에 악령의 우두머리가 되어 있었다. 악령들은 그를 중심으로 수많은 동심원을 그리며 불꽃 위를 돌고 돌았다.

악령들이 자기를 따르는 것에 자신감을 얻은 우두머리는 극심한 고통 속에서도 오랜 시간 홀로 궁리한 끝에 마침내 지하 세계를 탈출할 각본을 완성하였다. 그리고 실행에 들어갈 기회만 노리고 있었다.

지하 세계는 염라대왕이 관할하고 있었다. 염라대왕은 낮에는 대문 앞 광장에서 지하 세계로 내려갈 영혼을 판정하였고, 저녁에 한 번 대문을 열고 들어가 지하 세계를 살펴보고 다시 대문을 통해 밖으로 나갔다.

염라대왕의 주위에는 죽은 자의 영혼을 인간 세계에서 이곳까지 데려오고, 지하 세계를 감독하는 역할을 맡은 저승사자들이 호위하고 있었다.

우두머리 악령은 염라대왕이 대문을 열고 들어와 지하 세계를 살펴보고 나가는 그 짧은 시간에 변란을 성공시켜야 했다. 단 한 번에 성공해야 했고, 실수가 있어서는 결코 안 되는 일이었다.

우두머리가 그를 따르는 악령들에게 고함을 질렀다.

"곧 때가 온다. 준비하시오."

지시를 받은 악령이 다음 악령에게 그 지시를 전달하였다. 지시를 받은 모든 악령이 각오를 단단히 다지며 때를 기다리고 있었다.

어느 날, 염라대왕이 문을 열고 들어오자 그는 대왕을 향해 큰 소리로 외쳤다. 모든 악령이 따라 외쳤다.

"대왕마마! 대왕마마!"

대왕은 뜻밖의 소리를 듣고 조금 놀랐으나 이내 못 들은 척하고 지하 세계를 한 번 둘러본 다음 대문 밖으로 나갔다. 다음날부터 날이면 날마다 악령들은 대왕이 올 때마다 '대왕마마'를 더 크게 외쳐댔다.

그렇게 많은 날이 지나자 염라대왕은 저들이 왜 저렇게 자기를 불러대는지 이유가 궁금해지기 시작했다. 하루는 대문을 열고 들어가 자기를 불러대는 악령들을 한참 내려다보다가 수행한 저승사자에게 명했다.

"사다리를 내려 주어라."

대왕은 악령들이 자기에게 할 말이 있다는 것을 알았고, 지하 세계는 시끄러운 데다가 너무 낮고 멀어 말이 잘 들리지 않으므로 악령 중 몇 명을 가까이 불러 그들의 말을 들어보고자 했던 것이다.

저승사자가 긴 사다리를 지하 세계로 내려보냈다. 지하 세계에서는 일제히 "감사하옵니다!"하는 외침이 터져 나왔다. 이어 우두머리를 비롯한 악령 서너 명이 사다리를 타고 올라왔다. 그들은 곧바로 대왕 앞에 넙죽 엎드렸다. 대왕이 물었다.

"너희들이 어찌하여 나를 불렀느냐?"

악령들은 엎드린 채 아무 말도 하지 않았다. 대왕이 다시 물었다.

"어찌하여 나를 불렀냐고 묻지 않았느냐."

그래도 악령들은 엎드려만 있었다. 잠시 후에 대왕이 포기하고 막 돌아나가려는 순간, 우두머리가 간신히 머리를 들고 일그러진 입으로 다 죽어가는 목소리로 더듬거리며 애절하게 외쳤다.

"대왕마마, 소인들의 영혼을 거두어 주시옵소서."

"그것이 무슨 소리냐?"

우두머리가 더 죽어가는 목소리로 한 마디씩 끊어가며 겨우 말을 이어갔다.

"대왕마마, 소인들은 전생에 지은 죄가 너무 크고 무거워 이곳에서 벌을 받으며 그 죄를 뉘우치고 있사옵니다. 하오나 너무 고통스럽고 가혹합니다. 언제까지 이 형벌을 받아야 합니까. 견딜 수가 없습니다. 소인들을 불쌍히 여기시어 영혼을 거두어 주시옵소서. 자비를 베풀어 주시옵소서."

염라대왕이 그들을 물끄러미 내려다보다가 말했다.

"너희들이 지은 죄는 너희들이 갚아야 한다. 죄에 대

한 벌을 다 받으면 너희들의 영혼은 자연히 소멸될 것이다. 다시는 그런 말을 하지도 말고 생각도 하지 말아라. 알았느냐. 내려가거라."

대왕은 돌아섰다. 악령들이 큰소리로 간절하게 대왕을 외쳐댔으나 대왕은 뒤도 돌아보지 않고 대문을 향해 뚜벅뚜벅 걸어 나갔다.

악령들은 사다리를 타고 나시 지하 세계로 내려갔나. 악령들은 다음 날도, 또 그다음 날도 끊이지 않고 목소리를 다해 대왕마마를 불러댔다.

며칠 후, 대왕은 그들을 불러 앞으로 다시는 소란을 피우지 말라고 강력하게 경고를 주려고 하였다. 악령들에게 동정이 안 가는 것은 아니었지만, 그렇다고 자신이 임의로 그들의 영혼을 소멸시켜 줄 수는 없었다.

대왕은 대문으로 들어가 통로를 지나 지하 세계를 내려다보았다. 그 순간에도 악령들은 대왕마마를 외쳐대고 있었다. 대왕이 명했다.

"사다리를 내려라."

사다리가 다시 내려갔다. 우두머리를 비롯한 악령들이 사다리를 타고 올라왔다. 지난번에는 서너 명이 올라왔으나 이번에는 계속해서 사다리를 타고 올라왔다. 우두머리는 뒤따르는 악령에게 말했다.

"지금이다, 지금이다."

뒤따르는 악령은 다시 뒤의 악령에게 전달했다. 사다리를 오르는 악령들이 모두 그 내용을 전달받았다. 사다리 아래 지하 세계에 있는 악령들에게도 모두 전해졌다. 악령들은 결연히 준비 태세를 갖추고 다짐했다.

'기회는 한 번뿐이다. 한순간에 거사를 끝내야 한다.'

우두머리를 비롯한 악령들은 다시 대왕 앞에 엎드려 제발 영혼을 거두어달라고 애걸복걸하였다. 그 사이에도 악령들은 계속해서 사다리를 타고 올라오고 있었다. 염라대왕이 단호하게 말했다.

"다시는 떠들지 말아라. 또 소란을 피우면 그때는 엄한 중벌이 있을 것이다. 너희들은 너희들의 죄에 대한 벌을 받아야 한다. 알겠느냐! 자비는 없다!"

염라대왕은 자기 앞에 엎드려 있는 악령들을 잠시 내려다보다가 돌아서서 서너 걸음 옮겼다. 그 순간이었다. 엎드려 있던 우두머리가 갑자기 튀어 일어나더니 뒤에서부터 대왕을 덮쳤다. 대왕이 깜짝 놀라며 외쳤다.

"아니, 이놈이 감히!"

그 순간, 우두머리가 덮친 염라대왕 위를 다른 악령들이 무더기로 또다시 덮쳤다. 순식간에 수십 명의 악령이 염라대왕을 덮치고 덮쳐 마침내 대왕이 버티지 못하고 쓰러지고 말았다.

주위에 있던 호위 저승사자들이 일제히 칼을 뽑아 휘두르며 악령들을 물리치려 했으나, 악령들이 더 빨랐고 숫자가 훨씬 많았다.

호위 저승사자들마저 필사적으로 달려드는 악령의 무리를 당해내지 못하고 모두 자빠지고 짓눌리고 말았다. 그 사이에도 끝 없이 많은 악령이 영악하게 질서를 지키며 사다리를 타고 재빨리 올라오고 있었다.

악령들은 넘어진 염라대왕과 저승사자들을 그대로 들어 통로 끝에서 지하 세계의 불꽃 위로 던져버렸다. 사다리를 기어오르던 악령들은 자기들 머리 위에서 불구덩이로 떨어지는 저승사자들을 보았다.

악령들은 그대로 대문까지 달려 나갔다. 대문 밖의 저승사자들은 아직 이 사태를 알지 못했다. 갑자기 악령들이 쏟아져 나오자 그때서야 변괴가 일어났음을 알고 급히 대문을 닫으려 했으나 악령들이 더 빨랐다.

악령들은 대문을 닫으려는 저승사자들마저 모조리 제치고 쓰러뜨린 다음, 그들마저 지하 세계의 불꽃 위로 던져 버렸다.

천려일실, 이 모든 일이 눈 깜짝할 사이에 일어났다. 염라대왕과 저승사자들이 잠깐 방심하는 사이에 이런 있을 수 없는 변란이 일어나고 말았던 것이다.

악령들은 모두 지하 세계에서 올라와 대문 밖으로 뛰어나왔다. 그들은 지하 세계의 대문을 닫고 단단히 막아 버렸다.

지하 세계의 대문 앞 광장에는 수많은 악령이 구름떼처럼 모여 있었다. 그들은 고래고래 소리를 질러대며 만세를 부르고 환호했다. 이 순간이야말로 그 끔찍했던 고통에서 벗어나는 감격의 순간이었던 것이다.

악령들의 최종 목표는 인간이 사는 지상 세계를 점령하는 것이었다. 그리하여 인간을 지배하고, 그곳을 악의 세계로 만드는 것이었다. 악령들은 한순간이라도 빨리 인간의 세계로 가고 싶어 했다.

그러나 악령들은 이곳에서 지상의 인간 세계로 바로 들어갈 수 있는 경로를 알지 못했다. 악령들은 역시 영혼의 세계인 천상의 세계로 올라간 다음, 그곳에서 인간 세계로 내려가야 했다.

지하 세계에서 천상 세계까지는 멀다. 영력이 약한 악령은 천상 세계까지 올라가는 도중에 소멸되어 사라질 것이다. 그리고 천상 세계에서 어떤 일이 벌어질지 예측할 수도 없었다. 그래도 그들은 천상 세계로 올라가야만 했다.

광장에서 최대한 영력을 보충한 다음, 악령들은 일제히 땅을 박차고 천상의 세계를 향해 날아올랐다. 많은 악령이 천상에 도달하기 전에 영력이 다해 사라져 버렸으나, 그래도 다수의 악령이 천상 세계까지 도달하였다.

6.

 천상 세계에 있던 모든 영혼이 지상 인간의 일에 간
여한 죄로 단군 성조를 따라 우주로 유배를 떠났다. 그
러나 강감찬은 그곳을 떠나지 않고 멀리서 그들을 지켜
보며 작별을 고하였다.

 강감찬은 홀로 천상에 남아 벌을 기다리고 있었다. 그
에게는 자신이 감당해야 할 벌이 있다는 확신이 있었다.
그리고 그 벌이 내릴 때까지는 이 비어 있는 천상 세계
를 지켜야 한다는 확고한 사명감이 있었다.

 강감찬은 아사달 광장 단군의 옥좌 앞에 눈을 감고
가부좌하고 앉아 있었다. 그의 귀에 먼 곳에서부터 기괴
한 아우성이 들려왔다. 사람이 싸우는 소리 같기도 하고,
짐승들이 울부짖는 소리 같기도 했다. 거칠고 소름 끼치
는 소리였다.

 '저것이 무슨 소리인가?'

그 소리는 점점 커지며 가까워지고 있었다. 강감찬이 천천히 눈을 떴다. 저 앞쪽에서 검붉고 흉측하게 생긴 사람의 형체들이 그를 향해 다가오고 있었다. 강감찬은 저들이 악령임을 곧바로 알아차렸다.

'아, 이 무슨 일이란 말인가. 저들이 지하 세계에서 벌을 받고 있어야 할 악령이 분명할진대 어떻게 여기까지 올 수 있었단 말이냐. 있을 수 없는 일이 일어났구나.'

악령들이 강감찬을 둘러쌌다. 강감찬은 자신을 둘러싸고 있는 살기등등한 악령들을 바라보며 곧바로 사태를 파악했다.

'저들이 지하에서 변란을 일으켰구나. 저들은 이 천상의 세계를 장악한 다음, 기어코 지상의 인간 세계를 지배하고자 하겠구나. 저들로부터 지상의 세계, 인간의 세계를 지켜야 한다. 그것이 내가 할 일이로구나.'

강감찬이 천천히 일어섰다. 그가 일어서자 악령들이 움직임을 멈추고 그 자리에 섰다. 악령은 수천인지 수만인지 끝이 보이지 않았다.

강감찬은 악령의 수가 많음을 보고 휘하의 장졸들을 불러 모아야겠다고 판단했다. 그러나 그의 장졸들은 지금 어디에 있는지 알 수가 없다. 아주 먼 우주로 유배를 갔다면 그의 부름을 듣지 못할 수도 있다.

강감찬은 두 팔을 위로 높이 뻗고 큰 소리로 휘하의 장졸들을 불렀다.

"제장들이여! 나의 곁으로 모이시오! 급하오!"

그러나 예상했던 대로 강감찬의 부름에 단 한 명의 응답도 없었다. 그들은 너무 먼 곳에 있기 때문이었다. 강감찬은 저 수많은 악령을 홀로 대적해야 했다. 지금부터는 건곤일척의 승부가 있을 뿐이었다.

악령들이 강감찬에게 한 발 한 발 다가오고 있었다. 강감찬은 그들이 적당한 거리에 올 때까지 기다렸다. 악령들이 더욱 가까이 다가오자 강감찬은 큰 칼을 뽑아 높이 들어 올렸다.

악령들이 잠깐 주춤하더니 일제히 강감찬에게 달려들었다. 강감찬이 칼을 크게 휘둘러 달려드는 악령들을 베었다. 칼날에 맞은 악령들은 흔적도 없이 사라졌다. 강감찬은 사방에서 달려드는 악령들을 베고 또 베었다.

그때 강감찬은 보았다. 악령들 뒤 저 멀찌감치에 서서 꼼짝도 안 하고 이 싸움을 지켜보고 있는 자를 하나 보았다. 강감찬은 저 자가 악령의 우두머리임을 곧바로 알아차렸다. 저 자를 베어야 했다.

강감찬이 천천히 발걸음을 옮겨 우두머리에게 다가갔다. 그가 우두머리에게 다가가자 악령들이 비켜서며 길을 터주었다. 우두머리와 마주 선 강감찬이 호되게 그를 꾸짖었다.

"네 이놈! 어찌하여 네놈들이 여기 있느냐. 속히 네가 있던 곳으로 돌아가거라."

우두머리는 말이 없었다. 일그러진 얼굴이 더 일그러지는 듯했다. 우두머리는 한 발, 두 발 뒤로 물러났다. 주변의 악령들도 조금씩 뒤로 물러났다. 그때 우두머리가 뒷걸음을 멈추더니 손가락으로 강감찬을 가리키며 외마디 소리를 질렀다.

"쳐라!"

동시에 악령들이 일제히 "으아!" 소리를 내지르며 강감찬에게 달려들었다. 그 순간 강감찬은 펄쩍 위로 솟구쳤다. 악령들이 아래에서 강감찬을 올려다보는 순간, 강감찬은 그대로 우두머리를 향해 자신을 내리꽂았다.

강감찬은 아래로 내리꽂으며 칼을 한 번 크게 휘둘러 단칼에 우두머리의 목을 베었다. 우두머리는 비명 한번 지르지 못하고 머리와 몸통이 분리되었다. 다음 순간 우두머리의 머리와 몸통은 스르르 사라져 없어졌다.

우두머리의 죽음에 놀란 악령들이 모두 슬금슬금 뒷걸음질 치기 시작했다. 그러나 잠시 후, 악령들은 제자리에 서서 다시 전열을 가다듬었다. 그들은 또다시 강감찬에게 달려들기 시작했다. 강감찬은 끝없이 몰려드는 악령들을 베고, 찌르고, 잘랐다.

강감찬은 자신의 영력이 점점 소진되어 감을 느꼈다. 그래도 쉬지 않고 달려드는 악령들을 베고 잘랐다. 악령들의 포위망은 점점 좁혀오고 있었다. 강감찬에게 최후의 순간이 다가오고 있었다.

악령들은 강감찬이 지쳐 있음을 눈치챘다. 잠시 동작을 멈추었다가 그를 덮치기 위해 한꺼번에 달려들었다. 그 순간 강감찬은 위로 높이 솟구쳐 올랐다. 그는 허공에서 크게 한번 외쳤다.

"성조 폐하!"

강감찬은 곧바로 허공 높은 곳에서 자신의 영혼과 반투명 육신을 눈송이 같은 하얀 거품으로 터뜨렸다. 그 거품은 넓게 퍼졌다가 스르르 아래로 떨어지며 악령들을 뒤덮었다.

강감찬의 인간을 살리기 위한 노력은 마지막 거품 희생으로 끝이 났다. 거품 아래 악령들은 모두 녹아 사라졌다. 그러나 거품은 천상에 올라온 모든 악령을 녹여 없애기에는 부족했다.

거품을 피한 악령들은 살아남았다. 살아남은 악령들은 또다시 만세를 불렀다. 지금 천상의 세계에는 그들이외에는 아무도 없었고, 어떤 적이나 장애물도 없었다. 악령들은 천상의 세계마저 점령했다는 감격을 억누를 수가 없었다. 악령들의 만세 소리는 끝이 없었다.

이제 악령들에게는 지상의 인간 세계를 점령하는 일만 남아 있었다. 그동안 지하 세계에서 겪었던 고통을 인간들에게 되돌려주는 통렬한 복수의 시간이 그들에게 다가오고 있었다.

악령들은 지상을 내려다보면서 인간 세계를 지배할 방법을 논의하였다. 한참 논의하던 그들은 결론을 내렸다. 현재 지상에서 살고 있는 악인의 영혼으로 침투하자는 것이었다.

악령이 악인의 영혼으로 침투하면 그들은 악마가 될 수 있었다. 그 악마로 하여금 지상의 세계를 지배하게 하자는 것이었다. 과거의 악인과 현재의 악인이 영적으로 결합하면, 누구도 그들을 당해낼 수 없을 것이라고 확신했다.

그러나 그것은 쉬운 일이 아니었다. 천상에서 지상의 인간 세계로 내려가려면 강력한 영력이 있어야 했고, 더구나 악령이 살아 있는 인간의 영혼 속으로 파고 들어간다는 것은 성공 확률이 높지 않았기 때문이었다.

그래도 악령들은 그 길을 택하기로 하였다. 여기까지

온 그들로서는 지상으로 내려가다가 소멸되어 사라지거나, 악인 영혼으로의 침투가 실패하여 사라진다 하여도, 성공만 한다면 그보다 더 확실한 복수의 길은 없다고 보았기 때문이었다.

단 몇 명의 악령이라도 악인에게 침투하여 악마로 생존할 수 있다면, 그래서 그 악마가 인간 세계를 지배할 수 있다면, 그래서 인간의 세계가 악의 세계가 될 수 있다면, 그들의 목표는 이루어지는 것이기 때문이었다.

그렇게 결정한 악령들은 천상 세계의 청결하고 신선한 대기를 흡수하며 최대한 영력을 보충하였다. 영력을 충만하게 보충한 악령들은 하나씩, 하나씩 천상의 세계를 박차고 인간의 세계로 달려 내려갔다.

많은 악령이 인간 세계에 도달하기 전에 소멸되어 사라졌다. 그래도 상당수 악령은 인간 세계에 도달하였고, 또 그들 중 일부는 악인의 영혼으로 침투하는 데에 성공하였다.

4.

∞ 다시 지상의 세계 ∞

1.

악령이 악인의 영혼으로 침투하여 결합 되는 순간, 그들은 극악무도한 인간 악마가 되었다. 그들은 지도층 인사, 또는 일반인으로서 곳곳에 흩어져 있었다.

한국에도 악령이 침투된 악인들이 있었다. 그중 한 사람은 여당 대통령 후보 중의 한 사람인 김 후보였다. 그는 불우했던 과거의 역경을 극복하고, 뼈를 깎는 노력 끝에 여당의 대통령 후보 등록까지 한 사람이었다.

그러나 그는 후보 5~6명 가운데 인기나 지지도가 거의 끝에 있어 사실상 대통령 후보 경선에서 이길 확률은 없었다. 그래도 그는 야심을 버리지 않고 있었다.

어느 날 밤, 자려고 막 누웠을 때였다. 그는 갑자기 머리를 세게 한 대 맞은 듯한 통증을 느꼈다. 몇 초 지나자 통증은 사라졌다. 그런데 뜨거운 열기가 온몸을 감쌌다. 처음 겪는 이상한 느낌이었다.

그 느낌이 너무 생소하여 10여 분 동안 침대에 가만히 앉아 있었다. 몸의 열기와 함께 그의 머릿속 모든 뇌세포가 분주하게 움직이는 듯했다. 잠시 후에 뇌세포의 활동이 잠잠해지는 듯하더니 몸의 열기도 식었다.

다음 순간부터 그의 머릿속에서는 미래에 대한 구상이 그려지기 시작했다. 앞으로 무엇을 어떻게 해야 할지 계획이 저절로 떠오르는 것이었다. 그는 하늘의 계시라도 받은 듯했고, 천재라도 된 듯한 기분이었다.

놀라운 체험을 한 그는 이것이 무엇인지 알 수 없었지만, 분명히 자기에게 크게 이득이 될 것 같은 예감이 들었다. 지금 머리에 떠오르는 구상대로만 하면 그는 정치적 목표를 이룰 수 있을 것 같았다. 입가에 야릇한 미소가 번졌다.

그 전후 며칠 사이에 악령의 침투를 받은 사람이 몇 명 더 있었다. 그들은 모두 주변에서 질이 나쁜 몹쓸 인간이라고 지탄받는 사람들이었다. 그들 역시 앞으로 할 일이 머릿속에서 그려지기 시작했다.

그들이 받은 첫 번째 지시는 김 후보를 빨리 만나라는 것이었다. 그들은 곧바로 김 후보에게 연락했다. 며칠 후 김 후보 집에 모였다. 그들은 모두 다섯 명이었고, 서로 처음 보는 사람들이었다. 그중 한 사람이 약간 흥분한 상태에서 들뜬 목소리로 말했다.

"제가 사흘 전에 김 후보님과 함께 일하라는 하늘의 계시를 받았습니다."

나머지 사람들도 모두 비슷한 말을 했다. 그들은 오래 전부터 잘 알고 있던 사람들처럼 서로 절대적으로 믿는다는 신뢰감을 보였으며, 조금의 망설임도 없이 자신의 의견을 제시했다. 그들은 일제히 외쳤다.

"하늘이 주신 이런 기회를 놓쳐서는 안 됩니다. 우리는 즉시 실천에 들어가야 합니다."

그들은 그 자리에서 자신들도 놀랄 만한 계획을 세웠으며, 곧바로 각자 할 일을 구체적으로 논의하기 시작했다. 앞으로 어떤 일이 있어도 목표를 이루어야 한다고 굳은 맹세를 나누었다.

"우리는 모든 일을 철두철미하게 진행해야 하고, 조금의 빈틈도 있어서는 안 됩니다."

그들이 첫 번째로 내린 구체적이고 현실적인 결론은 말할 것도 없이 김 후보를 차기 대통령으로 만드는 일이었다. 한 사람이 벌떡 일어나더니 확신에 찬 목소리로 외쳤다.

"우리는 할 수 있습니다. 김 대통령님!"

그 자리의 모든 사람이 박수를 치며 열렬히 환호했다.

그들이 가장 먼저 하기로 한 일은 여당 내의 유력 후보 몇 사람을 제거하는 일이었다. 다음에 경선에서 승리하여 김 후보를 여당의 대통령 후보로 만드는 일이었다.

대통령 후보가 된 다음에는 또 어떤 수단과 방법을 써서라도 대통령 선거에서 반드시 승리한다는 것이 그들의 구상이었다.

그들은 전략을 다시 한번 검토한 다음, 바로 실행에 들어가기로 했다. 일찍이 이 나라에서는 있지도 않았고, 있을 수도 없었던, 지극히 비현실적이고 무자비한 선거 전략이었다. 그래도 그들은 과감하게 실행하기로 했다. 그들에게는 무서운 것이 없었다.

"한다면 하고, 해서 안 될 일이 어디 있냐."

사흘 후 오후였다. 사무실에서 업무를 보고 있는 신기주에게 김 후보로부터 전화가 왔다. 두 사람은 개인적으로 만나거나 통화한 적이 없었다. 형식적인 인사 몇 마디를 건넨 다음, 김 후보가 곧바로 본론으로 들어갔다.

"신 후보님, 후보 사퇴하시지요."

신기주는 전혀 예상 밖의 발언에 깜짝 놀랐다.

"아니, 그게 무슨 말씀이신지요?"

"한 번만 더 말씀드리겠습니다. 후보 사퇴하세요. 24시간 드리겠습니다. 그때까지 사퇴하지 않으면 그 댁 아드님은 죽습니다."

"아니, 그게 무슨?"

"이만 끊겠습니다. 24시간입니다."

전화는 끊어졌다. 신기주는 멍하니 앉아 있었다. 도대체 이게 무슨 경우인지 알 수가 없었다.

'24시간 안에 후보를 사퇴하라고. 아니면 규호가 죽는다고.'

협박도 이런 협박이 없었다. 아니, 어떻게 같은 정당의 대통령 후보 사이에 이런 말 같지도 않은 협박을 할수 있단 말인가. 몹시 당황한 신기주는 급하게 측근에게 부탁했다.

"김 후보에 대해 좀 알아봐 주세요. 급합니다."

측근은 신기주의 표정과 말투에서 무언가 심상치 않은 일이 일어났음을 직감했다. 그는 정보망을 총동원해서 김 후보에 대해 알아보고, 한 시간이 안 되어 신기주에게 보고했다.

"김 후보에 대한 평판은 아주 좋지 않습니다. 사람이 악랄하고 비열하다고 합니다. 질이 안 좋은 사람이라고 하네요. 그리고 그를 무조건 따르는 소수의 추종자가 있다고 합니다."

신기주 눈의 초점이 흐려지며 잠시 후에 말했다.

"알았어요. 좀 더 알아보고 얘기해 주세요."

"네, 후보님."

신기주의 귓가에 '그 댁 아드님은 죽습니다.'라는 소리가 맴돌았다. 그는 도무지 그 말의 진의를 알 수가 없었다. 그렇지만 지금 그런 것이 문제가 아니었다. 김 후보는 규호의 목숨을 놓고 협박을 하고 있는 것이다.

신기주는 도저히 일이 손에 잡히지 않아 바로 퇴근하여 집으로 돌아왔다. 조희숙이 조금 놀라며 물었다.

"무슨 일 있었어요? 어디 아파요?"

신기주가 말없이 자기 방으로 들어갔다. 조희숙이 따라 들어왔다. 조희숙은 현재 일주일의 사흘은 재택근무를 하며 남편의 일을 돕고 있었다.

"왜 그래요? 무슨 일이에요?"

조희숙은 남편이 대통령 후보로 나선 것이 무조건 좋은 것만은 아니었다. 때때로 무언가에 쫓기고, 무슨 좋지 않은 일이라도 벌어질 것 같은 불안감이 들 때가 있었다. 괜히 정치를 하라고 했나 하는 후회가 문득문득 들기도 했다.

"조금 피곤하네요. 잠깐 쉴게요."

조희숙은 한참 서 있다가 조용히 방을 나섰다. 부인이 방을 나간 다음에 측근에게서 전화가 왔다.

"후보님, 김 후보를 조심하셔야겠습니다. 그분은 우리가 알고 있던 것보다 훨씬 인간성이 나쁜 사람이라고 합니다. 그런데 왜 갑자기 그 사람에 대해 관심을 가지게 되셨나요?"

"그건, 나중에 얘기하지요. 그런데 어떻게 그런 사람이 후보가 될 수 있었지요?"

"우리 당 후보 등록에는 제한이 없지 않습니까. 좀 더 알아보겠습니다."

"아니요. 됐습니다. 그만 하세요."

"네?"

"그 사람에 대해서는 더 이상 얘기하지 맙시다."

측근이 잠시 머뭇거렸다.

"네 알겠습니다. 편히 쉬십시오."

강한 압박감이 신기주의 가슴을 조여왔다. 김 후보의 규호에 대한 협박이 현실이 될 수도 있다는 불안감이 엄습해 왔다.

'말 같지 않은 협박이지만, 그렇게 질이 안 좋은 사람이라면 무슨 일을 저지를지 알 수 없다.'

신기주의 고민이 시작되었다.

'힘겨운 일이었지만 지금 여기까지 왔는데, 그리고 앞으로 이 나라를 잘 이끌어 보겠다는 희망에 차 있었는

데, 이게 도대체 무슨 일이란 말인가. 이게 무슨 날벼락이란 말인가.'

그는 자신의 정치적 활동 때문에 갑자기 아들 규호의 신변을 걱정해야 하는 처지가 된 것이다. 신기주는 온몸에 소름이 돋고 등줄기가 서늘해짐을 느꼈다.

'만일, 규호가 잘못된다면 대통령 후보가 무엇이며, 정치가 무슨 의미가 있다는 말인가.'

그는 방에서 나왔다. 어느 사이에 시간이 많이 흘러 밖은 어두워졌다. 거실 소파에 앉아 있던 부인이 불안한 눈길로 그를 바라보았다.

"규호 아빠, 왜 그래요? 무슨 일 있었죠?"

신기주는 말없이 식탁 의자에 앉았다. 조희숙이 마주 앉았다. 신기주가 부인을 한참 보다가 오늘 오후에 김 후보와 통화했던 내용을 얘기해 주었다.

"아니, 어떻게 그런 말을. 그 사람 미쳤나 봐요."

"맞아요. 그 사람 미친 거 맞아요. 미치지 않고는 그런 말을 할 수가 없지요."

조희숙은 가슴이 꽉 막혀 아무 말도 나오지 않았다. 두 사람 사이에 무거운 침묵이 시작되었다.

2.

　신기주와 부인 사이에 아직도 침묵이 이어지고 있었다. 신기주가 몇 번 입을 열 듯하다가 그만두었다. 부인은 남편의 얼굴을 제대로 쳐다보지도 못했다. 그때 식탁 위의 스마트폰이 울렸다.

　여당의 또 다른 유력한 대통령 후보인 박 후보가 급히 연락을 꼭 좀 부탁한다는 문자가 두 번 연속 왔다. 신기주는 박 후보와 몇 번 가벼운 대화를 나눈 적이 있었고, 관계는 비교적 우호적인 편이었다.

　박 후보는 성격이 좀 급하고 과격한 면이 있었다. 불의를 보면 때와 장소를 가리지 않고 소신을 주장하는 사람이었다. 그런데 예고 없이 이 늦은 시각에 문자가 온 것이다. 느낌이 좋지 않았다. 신기주가 조심스레 전화를 걸었다.

　"여보세요. 신기주입니다."

"신 후보님, 저녁 늦게 갑자기 연락해서 죄송합니다. 제가 좀 어려운 문제가 있어서 신 후보님께 보고 겸 문의를 드리려고 연락했습니다. 들어주셨으면 합니다."

박 후보의 목소리가 작고 낮게 깔려 있었다. 평상시에 듣던 박 후보의 목소리가 아니었다. 보고 겸 문의라니, 무슨 얘기인지 얼핏 이해가 가지 않았다. 상당히 어려운 일이 있는 것이 틀림없었다.

"네 괜찮습니다. 말씀해 보시지요."

저쪽에서 한참 동안 아무 말이 없었다. 다시 박 후보의 목소리가 약하게 들려왔다.

"혹시 김 후보로부터 무슨 연락 못 받으셨나요?"

"네? 그게, 그게, "

신기주가 분명하게 대답을 못하고 어물거렸다.

"연락을 받으셨군요. 저도 아까 오후에 아주 황당하기 이를 데 없는 전화를 받았습니다. 그 사람이 저한테 다짜고짜 후보를 사퇴하라는 거예요. 그래서 제가 당신 무슨 소리 하냐고 화를 내고 몇 마디 더 했지요. 그 사람이 내 얘기를 듣더니 이러는 거예요."

신기주 온몸의 신경이 곤두섰다.

"당신, 애들 다 죽이고 사퇴하겠소, 아니면 지금 사퇴하겠소, 둘 중의 하나를 택하라는 거예요. 시간은 24시간 주겠다고 하더군요. 내가 야 이 미친놈아, 너 지금 무슨 헛소리 하냐고 소리를 질러댔지요. 그랬더니 그놈이 24시간입니다 하고는 전화를 끊더군요. 너무 어이가 없었지요. 제가 다시 전화했더니 안 받더군요. 제가 그 사람 조금 아는데, 그거 아주 나쁜 놈이에요. 그런 놈이 후보가 되었다는 사실 자체가 우리 당의 수치입니다."

신기주는 온몸이 뻣뻣해지면서 입이 막혀 버렸다. 박 후보의 말이 이어졌다.

"그런데 그 사람 협박이 사실인 것 같기도 해요. 제가 큰딸, 아들, 작은딸 이렇게 셋 있는데 셋 다 지금 아주 위험한 지경에 처한 것 같아요. 애들 주변에 수상한 놈들이 얼씬거린다고 합니다. 막내딸은 너무 무섭다며 겨우 집에 돌아와서 마구 울었어요. 나쁜 놈! 어떻게 이럴 수가!"

두 사람 모두 한참 동안 아무 말도 하지 못했다. 박 후보가 낮게 자포자기한 듯한 말투로 인사를 했다.

"제 말 들어주셔서 감사합니다. 강건하세요."

신기주가 인사도 제대로 못 했는데 전화가 끊어졌다.

"아, 여보세요, 여보세요."

대답이 없었다. 신기주는 정신이 깊은 나락에 빠진 듯해 박 후보에게 다시 전화해 볼 생각도 못 했다. 그 순간 정신이 퍼뜩 들었다.

"규호, 규호는 들어왔어요?"

"아직, 아직 안 들어왔어요."

"빨리 들어오라고 하세요. 빨리요."

"알았어요."

조희숙이 허둥대며 규호에게 전화했다. 규호가 한참 있다가 전화를 받았다.

"규호야, 어디 있니? 빨리 집으로 와, 빨리!"

어머니의 다급한 전화를 받은 규호가 30분이 채 안 되어 집으로 돌아왔다. 신기주가 현관에 들어서는 아들에게 급하게 물었다.

"밖에서 무슨 일 없었니?"

부모님의 완전히 겁에 질린 얼굴과 불안이 가득한 질문에 규호가 약간 더듬거리며 대답했다.

"저, 그게요, 오늘 오래간만에 친구들 만나 저녁을 먹고 얘기를 하고 있었는데, 식당 한쪽 구석에서 이상한 사람들이 우리를 계속 보고 있는 거예요. 처음에는 신경을 안 썼는데 분명히 우리를 보고 있었어요. 감시하는 것 같기도 하고, 인상이 좀 살벌하고 섬찟했어요. 우리 모두 기분이 좋지 않았어요. 그때 엄마한테서 전화가 와서 친구들과 헤어져 바로 택시 타고 온 거예요. 무슨 일이에요?"

신기주는 규호에게 오늘 오후부터 좀 전에 박 후보에게서 왔던 전화 내용까지 모두 이야기해 주었다. 충격을 받은 규호가 이건 분명 보통 일이 아니라고 중얼거렸다. 그 순간부터 세 식구는 불안 속에서 거실 소파에 말없이 앉아 있었다. 밤이 깊어서야 각자 방에 들어갔다.

아침이 되었다. 세 사람이 다시 식탁에 모여 앉았다. 신기주는 서재에서 밤을 꼬박 새웠고, 조희숙의 얼굴은 창백하다 못해 파랗게 질려 있었다. 규호도 한잠을 자지 못했다. 신기주가 작게 말했다.

"이건 김 후보가 꾸미고 있는 거대한 범죄야. 이 시대에 이 나라에서 사람의 목숨을 가지고 어떻게 이럴 수가 있단 말이야."

정말 너무 억울하고 분했지만, 신기주는 이 터무니없는 협박에 굴복할 수밖에 없을 것 같았다. 그는 김 후보가 어떤 일이라도 저지를 사람이라는 생각이 들었다.

세 사람이 마지막으로 의견을 정리하고 있는데 측근으로부터 전화가 왔다. 신기주는 받지 않으려 했으나 계속해서 신호가 오길래 할 수 없이 받았다. 저쪽에서 아주 다급한 목소리로 외쳐댔다.

"후보님, 알고 계세요?"

"뭘, 뭘 말입니까?"

"큰일 났어요. 박 후보님이 돌아가셨어요."

"뭐? 뭐라고요? 아니, 그게 무슨 말이에요?"

"조금 전에 자택 아파트에서 투신하여 사망하셨답니다. 아침에 출근하던 주민 한 사람이 뭐가 쿵 하는 소리가 나서 가 보니 박 후보님이었다고 합니다. 지금 방송에서도 난리가 났어요."

신기주는 알았다고 하고 전화를 끊고 급히 TV를 켰다. 긴급 속보 자막으로 여당의 박 후보가 사망했다는 소식을 알리고 있었다.

어젯밤에 나와 통화까지 했던 사람이 갑자기 투신해 세상을 떠나다니. 저렇게 허망하게 세상을 떠나다니. 신기주는 어지럼증을 느꼈다.

이때 TV에 또 다른 속보가 떴다. 박 후보가 투신하기 약 30분 전에 박 후보의 둘째 딸이 아침 출근길에 교통사고로 사망했다는 소식이었다.

둘째 딸이 출근을 위해 지하철역으로 가는 길에 승합차에 치여 쓰러졌는데, 뒤에 오던 승용차가 다시 한번 밟고 넘어가 현장에서 즉사했고, 두 운전자 모두 음주운전이었던 것으로 보인다는 것이었다.

세 식구는 서로 얼굴만 마주 보았다.

"어떻게 저런 일이 저렇게 한꺼번에 일어난단 말인가. 그럼 우리는, 우리는."

세 식구 모두 숨이 막혔다. 이제 선택이고 뭐고 없었다. 저 사람들이 또 무슨 일을 저지를지 모른다. 후보 사퇴가 문제가 아니라, 규호의 목숨이 걸린 일이었다. 세 식구는 곧바로 후보를 사퇴하기로 결정했다.

오전 8시, 신기주는 당에 대통령직 후보 사퇴서를 간단하게 써서 이메일로 제출하고, 당대표에게 '죄송합니다.'라는 문자 한 마디만 남겼다.

신기주는 원통했다. 지금까지 정치인으로서 쌓아 왔던 노력이 한순간에 물거품이 되었으며, 앞으로의 삶의 목표도 상실되었다. 그러나 더욱 원통한 일은 저 인간 같지 않은, 저 악마 같은 김 후보에게 대항 한번 못 해 보고 물러나야 한다는 사실이었다.

그러나 다시 생각해 보면, 김 후보는 자신이 상대하기에는 너무 강하고 잔인한 것 같았다. 사람 죽이는 일도 저렇게 거리낌없이 저지르는 인간에게 맞서 싸울 용기와 힘이 신기주에게는 없었다.

신기주는 갑자기 무서움이 온몸을 감싸고 있음을 느꼈다. 그는 지금까지 무서움이 뭔지 잘 모르고 살아왔다. 그런데 지금 너무 무서워 온몸이 떨리는 듯했다. 부인과 규호도 떨고 있었다.

정치권도 엄청난 충격에 휩싸였다. 특히 여당에서는 하룻밤 사이에 자당의 유력한 차기 대통령 후보 두 사람이 돌연 후보직에서 사라졌다는 사실을 받아들이기 힘들었다. 한 사람은 투신자살하고, 한 사람은 돌연 자진 사퇴했다는 사실을 믿을 수가 없었다.

정치권은 물론이고 언론 방송계, 나아가 전 국민이 이 놀라운 소식에 할 말을 잃고 경악하며 침묵에 빠져 버렸다. 기괴한 공포감마저 맴돌았다. 여기에는 분명 엄청난 음모나 흑막이 있을 것이라는 추측만 나돌았다.

정치권과 매스컴에서 사실 파악을 위해 분주히 움직였으나 사망한 박 후보의 가족이나 신기주는 모든 연락을 끊고 있었다. 두 집의 문은 어느 누가 찾아와도 열리지 않았고, 두 집의 누구도 집 밖으로 나오지 않았다.

여당 대표의 요청으로 그날부터 모든 대통령 후보의 집 앞에는 경찰이 경비를 서기 시작했다.

3.

북한은 불과 반년 남짓한 사이에 세계에서 가장 혹독한 독재국가에서 가장 평화로운 국가로 바뀌었다. 있을 수도 없고, 믿을 수도 없는 일이었으나, 그것은 누구도 부정할 수 없는 엄연한 사실이었다.

그러나 북한과 국경을 맞대고 있고, 북한의 종주국이라고 자처하는 중국은 북한이 그렇게 살도록 내버려 두지 않았다. 중국은 이 기회에 어떻게든, 어떤 형태로든 북한을 손아귀에 넣고자 했다.

중국은 북한의 위원장이 사망하자마자 즉시 모든 가능성을 열어놓고 준비에 착수했다. 예상외로 북한이 평화 국가로 바뀌자 일이 더 쉽게 진행되었다. 반년이 지나자 실제로 행동에 들어갔다. 그 행동이란 군사적 움직임이었다.

북중 국경선인 압록강 주변에 중국의 대규모 정예부

대가 집결하였다. 아직 무력 행동의 기미는 보이지 않았으나 중국군의 이동만으로도 전 세계가 긴장하지 않을 수 없었다.

현재 북한의 군대는 거의 유명무실한 상태였으며, 전투력은 물론 전의가 전혀 없다고 보아도 무방할 지경이었다. 중국이 대규모 병력과 막강한 화력으로 북한을 침공한다면 중국은 총부 한번 지르지 않고 고스란히 북한 전체를 점령할 수 있는 상황이었다.

중국군이 북한을 침공한다면, 그것은 어떠한 명분도 있을 수 없는 단지 불법 무단 침공일 뿐이었다. 중국은 그것을 잘 알면서도 시도해 보자는 것이었다.

다른 주변 국가들은 아직 사태를 관망하고 있었지만, 한국은 가만히 있을 수 없었다. 한국은 급히 휴전선 일대에 병력을 추가 배치하고, 지원 체제도 빈틈없이 갖추었다.

중국군이 압록강을 건너 남침하면 한국군은 휴전선을 돌파하여 북진하겠다는 의지를 보여주는 것이었다. 전쟁도 불사하겠다는 일종의 시위였다.

북한의 북쪽 국경에는 중국군, 남쪽 국경에는 한국군이 대치하고 있었다. 아직 전투가 벌어지거나 전쟁의 조짐이 보이는 것은 아니었지만, 일촉즉발의 긴장감이 한

반도와 국제사회에 팽팽하게 이어지고 있었다.

세상이 이렇게 긴박하게 돌아가는데도 북한의 주민들은 그저 태평성대였다. 그들은 오로지 하루하루 먹고사는 일에만 충실했다. 그들은 국내 정치에 무관심했고, 더구나 국제 정세에는 깜깜 절벽이었다.

이때, 한국에서 대통령 선거가 있었다. 여당의 김 후보가 당선되었다. 표면적으로 보면, 그의 승리는 개인의 엄청난 노력과 뛰어난 정치력으로 쟁취한 위대한 승리였다.

그러나 사실은, 그는 여당의 유력한 후보들을 협박과 회유로 무력화시켜 여당의 대통령 후보가 되었으며, 다음에는 온갖 위선과 기만으로 당원과 국민을 현혹하여 선거에서 승리하였던 것이다.

4.

　신기주는 불안했다. 현재의 정세를 보건대, 머지않아 기필코 대형 사고가 한 번 터질 것만 같았다. 김 대통령이 얼마나 악독한 인간인지 그는 이미 경험했고, 국제 정세 또한 도저히 예측할 수 없는 방향으로 흘러가고 있기 때문이었다.

　어느 날, 저녁식사 후에 신기주가 아들에게 물었다.

　"규호야, 그 아가씨와 사귄 지 얼마나 됐지?"

　갑작스러운 질문에 규호와 규호 엄마는 들고 있던 과일 포크를 내려놓았다. 규호가 대답하기도 전에 규호 엄마가 나섰다.

　"규호 아빠, 갑자기 그건 왜요?"

　"아무래도 상황이 좋지 않아요. 우선 상견례라도 해야 할 것 같아요. 당신 생각은 어때요?"

　"나야 좋지요. 규호야, 아빠 말씀대로 상견례라도 얼

른 하자."

느닷없이 서두르는 부모님의 말씀에 규호는 마음이 조금 혼란스러워졌다.

"이렇게 갑자기요?"

신기주가 아들을 한참 동안 물끄러미 바라보았다.

"지금 세상 돌아가는 게 아무래도 심상치 않구나. 우리가 가만히 손 놓고 있을 때가 아닌 것 같다. 우선 네 결혼이라도 정해놓아야 할 것 같구나."

조희숙은 아까부터 싱글벙글한다. 며느리를 본다는 사실에 마음이 들떠 있었다.

"그래, 규호야. 간단하게 양가 식구만 모여서 해도 되잖아. 빨리 그 아가씨한테 연락해서 날짜 잡자."

규호는 부모님의 말씀을 거부할 이유가 없었고, 본인도 원하는 바였다. 곧바로 방에 들어가 민아에게 연락했다. 잠시 후에 규호가 미소를 지으며 방에서 나왔다.

"민아가 부모님한테 말씀드리고 연락주기로 했어요."

"그래, 잘했다. 아이고, 이제 며느리 보겠네."

한 시간이 안 되어 민아에게서 연락이 왔다. 다음 주말에 상견례를 하면 어떻겠냐고 하며, 장소는 규호 쪽에서 정했으면 좋겠다고 했다. 신기주는 전에 몇 번 가 본 적이 있는 한 조용한 한정식집으로 상견례 장소를 정하였다.

다음 일요일에 화목한 분위기 속에서 조촐한 상견례가 이루어졌다. 당사자는 물론, 양가 부모 모두 더 이상 행복할 수가 없었다.

규호와 민아는 이제 곧 부부가 된다는 사실에 마음이 들뜨고 감격스러웠다. 두 사람은 앞으로 잘 살 수 있다는 자신감과 희망에 가슴이 벅차올랐다. 다음날부터 결혼 준비를 시작했다.

일단 아들의 혼사 문제를 정리해 놓은 신기주는 다시 한번 면밀하게 국내외 정세를 분석해 보았다. 아무리 보아도 지금의 사태는 도대체 앞뒤가 안 맞고, 일관되게 나쁘게만 흘러가는 것 같았다. 상황을 파악하기가 정말 어려웠다. 신기주는 불안했다. 몹시 불안했다.

5.

3년 전이었다. 북한의 한 시골 마을에 아주 못된 40대 중반의 남자가 하나 있었다. 그는 열렬한 당원이었으며, 그것을 이용해 마을 일대에서 온갖 나쁜 짓을 저지르고 다녔다.

그가 주로 한 짓은 죄 없는 사람에게 죄를 뒤집어씌워 재산을 강탈하고, 그 집의 부녀자를 겁탈하는 것이었다. 주변 사람들이 그를 몹시 미워했으나 그 알량한 권력이 무서워 아무런 대응을 하지 못하고 있었다.

기고만장한 그가 온갖 패악을 저지르며 다니던 어느 날이었다. 전부터 눈여겨 보아두었던 아직 신혼인 한 반반한 20대 후반의 유부녀를 강제로 겁탈하는 사고를 저질렀다.

훤한 대낮에 남편과 시부모가 일하러 나간 사이에 집에서 겁탈당한 그 부인이 너무 분하고 부끄러워 짧은 유서를 남기고 마을 뒷산에서 나무에 목을 매 자진하고 말았다.

저녁에 집에 돌아와 유서와 시신을 본 남편은 슬픔이 넘치고 분노가 폭발하였다. 그는 당국에 그 사실을 고발하고 내친김에 그 당원의 지난 악행까지 모두 까발려 버렸다.

당국에서는 그 남자의 당에 대한 충성심을 보호막으로 이 사건을 어떻게 덮어버리거나 축소 시켜보려고 하였다. 그러나 남편과 주민들이 힘을 합해 거세게 항의하는 바람에 결국 당에서는 이 사건을 숙정의 본보기로 삼기로 하고, 그에게 5년 노역이라는 중벌을 내렸다.

그는 함경도 오지의 한 수용소에서 3년째 노역을 하고 있었다. 혹독한 수용소 생활 속에서 오직 그 남편과 주민들에 대한 증오와 복수심으로 삶을 지탱해 왔다. 그러던 중 이번의 대사면으로 고향에 돌아왔다.

막상 고향에 돌아와 보니 세상은 변하였고, 자기는 잊혀진 사람이었으며, 주민들은 모두 평온하게 각자의 삶을 살고 있었다. 그는 복수의 기회를 찾지 못하였다. 그러는 사이에 시간이 흘러 그의 분노와 복수심은 조금씩 가라앉고 있었다.

어느 날 밤에 막 잠이 들었을 때였다. 갑자기 머리가

깨지는 듯한 통증에 잠에서 깼다. 잠시 후에 통증은 가라앉았으나 곧이어 지난 수년간의 고통스러웠던 수용소 생활이 생생하게 떠올랐다.

그의 가슴 깊은 곳에서부터 다시 분노와 복수심이 맹렬히 타오르기 시작했다. 잠자리에서 일어난 그는 어찌할 바를 모르고 앉아 있었다.

분노는 통제할 수 없는 지경에 이르렀다. 폭발하는 분노 속에 그의 본래의 포악성과 잔인성이 드러났다. 곧바로 곳간에 들어가 날이 시퍼런 낫을 하나 들고나와 거칠게 휘두르며 그 남편의 집으로 찾아갔다.

그는 다짜고짜 자고 있던 남편의 멱살을 붙잡고 마당으로 끌고 나왔다. 남편은 무릎을 꿇고 두 손을 싹싹 빌며 제발 살려달라고 애원했다. 늙은 부모도 자다 말고 뛰어나와 울며불며 죽이지만 말아 달라고 애원했다.

그러나 그는 가지고 간 낫으로 곧바로 남편의 목을 쳐 죽이고 말았다. 아들의 죽음을 바로 눈앞에서 지켜본 두 부부는 완전히 정신이 나갔다. 그 남자를 붙들고 "이놈아! 이놈아!" 하고 악을 쓰며 격렬하게 흔들어댔다.

이미 손에 피를 묻힌 그는 악을 쓰는 두 늙은 부부를 발로 걷어차 쓰러뜨리고는 "너도 죽어!" 하고 두 사람의 목에 낫을 찍었다. 늙은 부부는 맥없이 아들 시체 옆에 엎어졌다. 세 사람의 목에서 쏟아져 나온 피가 마당에 빗물처럼 흘러 내려갔다.

다음날이 밝았다. 간밤의 소동을 알고 있던 이웃 주민들은 마당에 널브러져 있는 세 구의 시신을 힐끗거리며 보고 지나갈 뿐 누구도 아무런 조치를 취하지 못했다.

시신은 이틀 동안 그대로 방치되어 있었다. 마침내 이웃 사람들이 마당 한쪽 구석에 구덩이를 파고 세 구의 시신을 나란히 묻어 주었다.

이 살해 사건의 소문은 빠르게 퍼져나갔다. 많은 사람이 놀라며 그놈이 어떻게 그렇게까지 할 수 있냐며 분노를 터뜨렸다. 그러나 그 살인마는 아무 일도 없었다는 듯이 마을을 어슬렁거리며 돌아다니고 있었다.

이 사건은 북한이 거대한 죄악의 구렁텅이에 빠지는 시발점이 되었다. 3~4일 후부터 인근 마을에서 모방 살인 사건이 연쇄적으로 일어났다. 몇몇 사람이 원한이 있거나 자신을 억압했던 사람을 죽였던 것이다.

살인자들은 죄의식이나 양심의 가책이 없었고, 앞날에 대한 두려움도 없었다. 네가 죽이는데 나는 못 죽이느냐는 막무가내식이었고, 저놈이 나를 죽이려 하니 내가 먼저 죽여야겠다는 심리도 발동했다.

이 일대에서 시작된 살인 행위는 점차 마을에서 마을

로, 지방에서 지방으로 유행처럼 번져나갔다. 전 같으면 말다툼으로 끝날 일이 이제는 살인으로 끝이 났다. 살인의 궁극적 원인은 증오와 좌절이었다.

북한 주민들은 살인의 욕구를 내면에 숨기고 있다가, 이 기회에 일제히 표면으로 발산시키는 것 같았다. 이 나라가 언제 평화의 나라였으며, 어느 시절에 선한 사람의 나라였냐는 듯싶었다.

살인은 아직 개인적 행동이었으며, 농촌 지역에서 일어나는 산발적 사고였다. 경찰과 당국이 이 사태를 진정시켜야 했으나, 그들은 존재조차 없는 듯하였다.

사태는 도시로 번져나가기 시작했다. 대동강변의 한 작은 도시에서 살인이 자행되기 시작했다. 도시는 농촌보다 사람들 사이에 얽히고설킨 관계가 복잡했다. 따라서 살인의 원인과 형태도 더욱 다양했다.

살인은 한두 사람이 저지르는 것이 아니었다. 여기저기서 자생적으로 발생한 살인자들이 혼자 혹은 두세 명이 손에 농기구나 공구를 흉기로 들고 충혈된 눈으로 두리번거리며 목표물을 찾아 헤매고 있었다.

마땅하게 죽일 대상을 찾지 못한 일부 시민들이 경찰서와 관공서에 대한 공격을 시도했다. 그들은 경찰이건 관리건 누구라도 죽여야 했다. 죽여야만 가슴에 응어리져 있는 원한과 불만이 해소될 것 같았기 때문이었다.

모든 관공서의 인력이 경찰서에 집결하여 바리케이드를 치고 시민의 접근을 막았다. 그러나 분노가 치솟고 살인에 흥분한 시민들은 바리케이드를 부수고 경찰서 진입을 시도했다.

끝내 경찰의 총구에서 불을 뿜었고, 돌진하던 시민들은 피를 쏟으며 그 자리에 쓰러지고 말았다. 피가 튀고 단말마의 비명이 쏟아져 나오자 욕구는 마침내 광기로 변하였다.

경찰서를 포기한 사람들이 무더기로 미친 듯이 이리 뛰고 저리 날뛰며 사람 죽이기에 혈안이 되었다. 무작위의 무자비한 광란의 살인이 곳곳에서 수도 없이 자행되고 있었다.

한 작은 도시에서 시작된 살인 행위는 곧이어 인근 도시로, 어느 사이에 전국으로 비슷한 형태로 번져나가고 있었다. 이 흐름은 멈출 수도, 막을 수도 없었다.

어디에서 얼마나 많은 사람이 죽었는지 알 수 없었다. 처절한 비명이 그치지 않았고, 통곡 소리가 곳곳에서 터져 나왔다. 사람을 죽이고 집에 불을 지르기도 했다. 크고 작은 화재로 하늘은 시커먼 연기로 뒤덮였다.

이러한 사태 중 어느 하나도 조직적이거나 선도자가

있었던 것이 아니었다. 모두 자연 발생적이고 개인적인 단순한 살인이었다.

북한의 전 국토는 인민의 광기 어린 살인 행위 아래 사람이 사는 곳이 아닌 아비규환의 지옥으로 변해가고 있었다. 사태는 걷잡을 수 없을 만큼 커지고 있었으나 어떠한 대책도 보이지 않았다.

세계가 북한의 이런 참상을 지켜보며 어이없어하고 있었다. 불과 몇 달 전까지만 해도 지상 낙원이라는 칭송을 듣던 국가가 지금은 살인의 소굴로 바뀌었기 때문이었다.

국제사회에서는 북한이 자체적으로 이 사태를 해결할 능력이 없다고 보았다. 북한의 자체 능력이 없으니 국제적인 노력을 기울여서라도 사태를 진정시켜야 하지 않나 하는 의견이 대두되기 시작했다.

일부에서는 우선 긴급 대응책으로 북한의 남북 국경 인근에 주둔하고 있는 중국군이나 한국군이라도 투입해서 이 사태를 진정시키면 어떻겠냐는 의견마저 조심스럽게 나왔다.

그러나 대부분 국가는 지금 같은 상황에서 외국의 개입, 더구나 외국 군대의 북한 내 진주는 더욱 걷잡을 수 없는 사태를 유발할 가능성이 아주 크다고 보았다. 자칫

하면 무자비한 대량 학살이나 전쟁이 일어날 수도 있다고 경계하며 분명하게 반대 의사를 표시했다.

외국의 개입이 어려운 가운데 북한에서의 죄악은 그 끝을 모르고 번져나가고 있었다. 인간성은 파괴되었고, 국가와 사회의 조직은 붕괴되고 있었다.

이러한 북한의 종말적인 사태를 지켜보던 몇 개 국가가 이 광란 사태에 동화될 기미를 보이기 시작했다. 공권력이 취약하고 치안이 부실한 국가에서 모방 살인 범죄가 고개를 들기 시작했던 것이다.

그러한 국가에서 살인 범죄에 대한 당국의 대응이 미진하고, 일반인들이 무관심으로 일관하자 살인 행위는 점차 빈번해지고 대담해졌다.

전 세계에 살인이 범람했다. 일부 국가에서는 살인에 대한 공포로 일상생활에 극심한 지장을 받았고, 대인 관계가 극단적으로 악화되기도 하였다. 그 결과 사회와 국가에 균열이 가기 시작했다.

조직이 안정되고 치안 상태가 좋은 국가에서는 아직 우려할 단계가 아니었다. 그러나 이들 국가에서도 머지않아 거대한 죄악의 물결이 자기 나라를 덮치지 않을까 하는 불안에 전전긍긍하고 있었다.

6.

한국에서는 아직 어떤 이상 징조도 나타나지 않았다. 치안도 전과 마찬가지로 잘 유지되고 있었고, 살인 사건은 증가하지 않았다. 국가나 사회가 평소와 다름없이 별 문제없이 운영되고 있었다.

그래도 신기주는 불안했다. 김 대통령이 저렇게 얌전하게 가만히 있을 사람이 아니기 때문이었다. 겉으로는 너그럽고 여유 있게 정치를 하는 듯하지만 분명히 뒤로는 최악의 어떤 범죄를 획책하고 있을 것만 같았다.

많은 생각 끝에, 신기주는 할 이야기가 있다며 사돈집 식구들을 주말 점심에 집으로 초대했다. 두 집안 식구 모두 무슨 일인지 몰라 잔뜩 긴장해 있었다.

간단하게 점심식사를 마친 후에 과일과 차를 들고 있었다. 신기주가 한참 찻잔만 내려다보다가 무겁게 말을 시작했다.

"다 아시겠지만 지금 국내외 정세가 몹시 불안합니다. 세계 곳곳에서 너무나 많은 아주 악랄하고 잔인한 범죄들이 일어나고 있어요. 이 범죄들이 발전하여 더 큰 일이 벌어지거나, 예상치 못한 전쟁이 일어날지도 모르겠습니다. 제 지나친 기우인지는 모르겠지만, 지금으로서는 그럴 가능성도 충분히 있습니다. 국내 문제도 마찬가지입니다. 지금 겉으로는 평온한 듯하지만 앞으로 어떤 일이 벌어질지 예측하기 참으로 어렵습니다."

아무도 말이 없었다. 한참 후에 민아 아버지가 조심스럽게 말을 꺼냈다.

"그렇습니까. 어려우시겠지만 좀 더 구체적으로 말씀해 주실 수는 없으신지요."

"죄송합니다만, 그 이상은 저도 잘 모르겠습니다. 제 생각에는, "

신기주가 말을 이어가지 못했다. 한참을 기다리던 민아 아버지가 다시 작지만 또렷하게 말을 받았다.

"말씀해 보시지요. 그리고 우리는 무얼, 어떻게 해야겠습니까?"

신기주가 어렵게 말을 이었다.

"우리 아버님 때에도 지구와 인류의 멸망 위기가 한번 있었습니다. 그러나 그때는 어떻게 무사히 넘어갔습니다. 그러나 이번에는 저도 잘 모르겠습니다."

신기주가 다시 말을 멈추고 한참 동안 가만히 있었다. 다른 식구들이 너무 궁금해하고 걱정하는 심정이 표정에 그대로 나타나 있었다. 신기주가 말을 이었다.

"말씀드리기 조금 거북한 이야기지만, 우리 아버님과 저, 그리고 규호까지, 우리집 남자들한테는 영감이라는 것이 있는 것 같아요. 영혼으로 느껴지는 어떤 느낌 같은 거 말입니다."

조희숙이 화들짝 놀라며 갑자기 튀어나왔다.

"영감이요? 당신하고 규호한테 그런 게 있었어요?"

신기주가 부인을 한참 보다가 빙그레 웃음을 보냈다.

"네 있어요, 분명히 있어요."

자리의 모든 사람이 신기주 부부의 이 기묘한 대화에 갑자기 정신이 어지러워졌다. 어떻게 수십 년 같이 산 부부가 저렇게 서로 모르는 면이 있을 수 있을까 하고, 참으로 놀랍다는 표정을 짓고 있었다. 신기주가 말투를 바꾸어 단호하게 결론을 말했다.

"정말 설명하기 어려운 이야기지만, 제 영감에 따르면, 아이들이라도 우선 어디로 피신시켜야 하지 않을까 싶습니다."

조희숙이 다시 급하게 나섰다.

"아이들이 피신이요? 왜요? 어디로요?"

신기주가 지금 경황이 조금 없어 보이는 듯한 부인을 한참 물끄러미 바라보았다.

"지금 말했잖아요. 정말 설명하기 어려운 이야기라고요. 지금 무엇인지 알 수 없는 거대하고 흉흉한 물결이 우리를 향해 밀려오는 것 같아요. 우리가 무언가를 해야 할 것 같습니다. 가만히 기다리고 있을 수만은 없어요. 지금은 제 영감을 믿을 수밖에 없을 것 같습니다."

신기주가 부인에게 낮은 목소리로 한마디 더 던졌다.

"당신도 가고 싶으면 같이 가요. 나는 여기 있겠어요."

조희숙이 펄쩍 뛰었다.

"당신이 안 가면 저도 안 가지요. 무슨 말씀을 그렇게 하세요."

신기주가 다시 말을 이었다.

"우리가 옥천의 외딴곳에 마련해 둔 작은 집이 하나 있습니다. 우선 아이들이라도 거기로 보내는 것이 나을 것 같습니다. 민아 부모님은 어떠신지요."

민아 아버지가 부인을 바라보며 어렵게 말했다.

"솔직히 저희는 사돈어른께서 무슨 말씀을 하시는지 이해하기가 쉽지 않습니다. 그러나 현 시국이 매우 심각하고 우리가 무엇인가를 해야겠다는 말씀에는 적극 동의합니다. 두 분께서 아이들을 피신시켜야겠다고 하신다면 저희는 기꺼이 따르겠습니다."

민아 어머니가 머리를 끄덕이며 찬동을 표시했다. 신기주가 아들에게 물었다.

"너희들은 어떠니?"

규호가 표정이 굳어지며 아버지에게 물었다.

"지금 사태가 그렇게 심각해요?"

"글쎄, 나도 잘 모르겠다. 그렇지만 일단 너희라도 좀 안전한 곳에 있어야 할 것 같구나. 여기보다는 옥천이 낫겠지."

신기주는 너무나 심각했고, 다른 사람들은 말하기조차 힘들었다. 규호가 민아를 보면서 아버지에게 물었다.

"알았어요. 언제 떠날까요?"

"빠르면 빠를수록 좋겠구나. 내일이라도 우선 급한 대로 생필품이나 좀 넉넉히 준비해서 옥천에 가 있어라. 그리고 수시로 연락하자꾸나."

얘기는 끝났다. 신기주의 일방적인 결정에 모두 동의하는 것으로 끝이 났다. 잠시 후에 민아네 가족은 아주 무거운 마음으로 말없이 집으로 돌아갔다.

다음 날 아침, 규호는 부모님께 작별 인사를 드리고 민아네 집으로 갔다. 두 사람은 민아네 부모님에게도 작별 인사를 드리고, 마트에 가서 생필품과 침구류 등을 장만해서 옥천의 시골집으로 향했다.

규호와 민아는 지금 이것이 도대체 무슨 일인지 파악하기조차 어려웠다. 그러나 아버지의 말씀이 너무나 절박했고, 국내외 정세가 대단히 위급하다는 데에는 공감하지 않을 수 없었다. 아버지의 판단과 결정에 따르는 수밖에 없었나.

가는 도중에 휴게소에서 점심을 먹고 오후에 두 사람은 옥천에 도착했다. 규호는 전에 부모님과 함께 이곳에 딱 한 번 와 본 적이 있었다. 그때 아버지가 왜 이런 곳에 집을 마련했는지 얼른 이해가 되지 않았다.

그 집은 야트막한 언덕 끝에 지은 작은 집으로 찻길에서는 눈에 잘 뜨이지도 않았다. 집 앞에는 작은 마당이 있고, 낮고 엉성한 철제 울타리가 둘러쳐져 있었다.

울타리 밖으로는 사방이 나무가 듬성듬성 서 있는 울퉁불퉁한 잡초밭이었다. 근처에는 인가가 드문드문 몇 채 있었고, 사람이 좀 모여 사는 마을까지는 20분 정도 걸어야 했다.

집으로 들어오는 길은 차 한 대 다닐 수 있는 좁은 도로 하나뿐이었다. 그야말로 적막강산, 너무나 조용하고 외진 곳이었다. 두 사람은 지금 이 낯설고 외딴곳에서 당분간 살아야 하는 처지가 된 것이다.

두 사람은 거실에 들어서자 서로 꼭 껴안았다. 아직 법률상으로는 부부가 아니었지만, 이제 두 사람은 진정한 부부가 된 것이다. 규호가 민아의 얼굴을 찬찬히 쓰다듬었다.

"민아야!"

"응, 오빠!"

"우리, 멋있게 한번 잘살아 보자!"

"응, 오빠. 나 그렇게 할 자신 있어!"

한참 껴안고 있던 두 사람은 집안을 정리하기 시작했다. 청소를 어느 정도 끝내고, 가져온 생활용품들을 풀어놓고, 안전장치도 설치해 놓았다. 스마트폰은 연결되지 않았으나 일반전화는 쓸 수 있었다.

이제부터 두 사람의 신혼살림이 시작된 것이다. 이렇게 엉겁결에라도 신혼여행을 온 것이 참으로 가슴 벅찬 일이지만, 마음 한쪽 구석에는 불안함이 공존하는 신혼여행이었다.

신혼 첫날밤이 지나가고 있었다. 그렇게 사랑하고 그리던 사람과 온밤을 함께 지내고, 아침에 같은 시각에 눈을 뜰 수 있다는 사실에 두 사람은 믿기 어려운 행복감을 느꼈다. 어느덧 창밖에서는 아침을 알리는 맑은 새

소리가 들려오고 있었다.

다음날은 월요일이었다. 두 사람은 각자 회사에 연락하여 집안에 급한 일이 생겨 당분간 출근을 못 한다고 알렸다. 회사에서는 깜짝 놀라 무슨 일이냐고 물었지만, 두 사람은 결근 이유를 밝히지 못했다.

매일 직장과 집 사이를 바쁘게 오가며, 온갖 첨단 기기에 묻혀 살던 두 사람에게 이렇게 한가롭고 여유로운 생활은 처음이었다. 한편으로는 신기하고 약간 부자연스럽기도 하였다.

두 사람은 낮에는 집안과 마당을 정리하거나 주변을 산책했고, 저녁에는 책을 보거나 TV를 보았다. 일찍 자고 일찍 일어나는 생활 방식이었다.

집 뒤의 언덕을 돌아가면 야트막한 작은 산이 하나 있었다. 나무도 꽤 있고, 계곡에 물이 흐르고, 정상 조금 아래에 평평한 넓은 바위가 하나 있었다. 거기에 앉아 하늘과 먼 풍경을 바라보기도 했다.

어떤 날은 돗자리와 점심을 싸가지고 가서 하루 종일 그곳에서 시간을 보냈다. 산 정상에 올라서면 멀리 금강 줄기가 한 가닥 빛처럼 반짝거렸다.

산에서 맞는 햇살은 부드럽고 따사로웠으며, 바람은 낮게 속삭이며 곁을 스쳐갔다. 바로 눈앞에서 벌과 나비가 날아다녔다. 아무것도 하지 않아도 전혀 지루하지 않았다. 두 사람에게는 오직 사랑과 행복뿐이었다.

두 사람은 현실 세계의 복잡한 상황은 잊기로 하였다. 아버지의 걱정대로라면, 예측할 수 없는 어떤 어려움이 닥칠지도 모르겠지만, 그런 일이 닥치지 않기만을 바라며 이 순간을 소중하게 누려야 했다.

규호와 민아가 이곳에 온 후에 가진 시간은 정말 완벽하게 만족스럽고 행복한 순간들이었다. 두 사람은 사람이 살면서 이렇게 아름답고 감미로운 시간을 가질 수 있는지 전에는 알지 못했다.

두 사람은 미소로 감정과 의사를 표시했으며, 말은 그다지 많이 필요하지 않았다. 규호가 무슨 얘기를 하면 민아는 규호의 눈을 들여다보며 경청했고, 민아가 얘기할 때면 규호는 민아의 어깨를 감싼 손가락을 톡톡 치며 말의 박자를 맞추었다.

평지든 산길이든 언제나 손을 잡고 걸었으며, 시야가 트인 곳에서는 나란히 서서 같은 방향을 바라보았다. 꼭 잡은 손을 통해 느낌이 서로 정확하게 전달되었고, 주변의 자연은 언제나 두 사람과 하나가 되어주었다.

7.

규호와 민아가 이 외딴집에 온 지 일주일이 지났다. TV를 켜놓고 점심을 먹고 있는데 갑자기 정규 방송이 중단되고 긴급 뉴스를 전했다. 김 대통령이 정신이상을 일으켜 4일 전에 입원했다는 내용이었다.

현재 대통령의 상태를 면밀하게 지켜보고 있다는 말로 긴급 뉴스는 짧게 끝났다. 이어 전문가들이 나와 정신이상이란 무엇인지 간단한 설명이 있었다. 정규 방송이 다시 계속되었다.

두 사람은 젓가락을 든 채로 서로 바라보았다.

"오빠, 갑자기 저게 무슨 말이야? 정말일까?"

규호가 한참 말이 없다가 퉁명스럽게 말했다.

"정말이겠지."

두 사람은 점심을 대충 먹고 식탁을 치웠다. TV에서 김 대통령에 대한 보도는 더 이상 없었다. 규호의 표정이 심각하다 못해 자못 비장해졌다. 민아가 긴장한 표정으로 규호 옆에 바싹 붙어 앉았다.

"오빠, 아버님께서는 이런 사태까지 예상하셨던 걸까? 그럼, 앞으로 어떻게 되는 거야?"

규호는 온갖 상상과 추측을 하느라고 민아의 물음에 대답도 못 했다. 규호의 시선은 창밖의 먼 허공에 고정되어 있었고, 귀는 TV 소리에만 집중되어 있었다. 민아는 규호의 얼굴과 창밖을 번갈아 바라보고 있었다.

그날 오후에 두 사람은 밖에 나가지도 않고 거실에서 거의 움직이지 않고 있었다. 5시쯤이었다. TV에서 갑자기 정규 방송이 또 중단되더니 다시 긴급 뉴스가 터져 나왔다.

뉴스를 전하는 기자마저 표정이 겁에 질린 듯했고 목소리도 조금 떨렸다. 김 대통령의 개인 극비 기록이 주요 인터넷 매체에 일제히 올라와 있다는 소식이었다.

전부 60쪽 분량의 그 기록은 김 대통령이 대통령 후보가 되기 직전부터 대통령이 된 직후까지 직접 작성한 메모와 계획서 등이라고 했다.

그 기록을 매체에 공개한 사람은 김 대통령의 최측근 중의 한 사람이고, 그는 자신도 한때 김 대통령을 믿고 대통령을 위해 일한 사람이라고 했다고 했다.

그는 대통령의 악행이 도를 넘어 국가의 장래가 우려되고, 국민의 안전이 위협받아 도저히 가만히 있을 수가 없어 그 기록을 공개했다는 것이었다. 그리고 그동안 자신이 김 대통령을 도와 일했던 사실에 대해 국민 앞에 진심으로 사과드린다고 말했다고 했다.

최측근이 공개한 기록에 의하면, 김 대통령은 대통령 후보 시절부터 지금까지 많은 사람을 살해하고, 살인을 교사했으며, 수많은 허위 발언을 했고, 날조된 사실을 유포했다는 것이었다.

그 기록에는 김 대통령이 살인 및 살인 교사한 사람들의 명단과 살해 방법까지 구체적으로 명시되어 있고, 죽은 사람만 십여 명이라고 했다. 그 외에도 놀라운 내용들이 상세히 명시되어 있다고 했다.

강한 충격이 두 사람에게도 거세게 밀려왔다. 거실을 서성거리던 규호가 아버지에게 바로 전화했다.

"지금 TV에서 다 보았어요. 어떻게 이런 일이 있을 수 있죠? 이제 앞으로 어떻게 되는 거예요?"

신기주는 아무 대답이 없었다. 규호가 다시 물었다.

"아버지의 우려가 정말 현실에서 나타나는 건가요?"

신기주가 낮게 가라앉은 목소리로 말했다.

"글쎄 말이다. 나도 잘 모르겠구나. 일단 기다려 보자.

그건 그렇고, 혹시라도 모르니 몸조심 잘하고 문단속 철저히 해라. 밤에는 절대 밖에 나가지 말고, 불을 켜지 말아라. 거기는 아주 외진 곳이니까 만일에 대비해 무언가 안전장치를 해 두어야 할 것 같구나."

"알았어요. 여기 온 다음부터 바로 문단속 잘하고 조심하고 있어요. 안전장치도 몇 개 설치해 놓았어요."

"그래, 잘했다."

두 사람의 대화가 잠시 끊어졌다가 다시 이어졌다.

"거기 생활은 어떠니. 답답하지는 않니?"

"아니요. 아주 좋아요. 우린 잘 지내고 있어요."

"다행이구나. 귀한 시간 소중하게 잘 지내도록 해라. 작은 일이라도 무슨 일 있으면 바로 연락해라. 알았지."

"네."

"여기 일은 너무 걱정하지 말아라. 잘되지 않겠니?"

"네, 그래야죠."

규호는 아버지의 마음이 그대로 전달되는 것을 느꼈다. 옆에 있는 민아는 눈을 꼭 감고 규호의 팔만 움켜쥐고 있었다. 아버지와 통화를 끝낸 규호가 말했다.

"민아도 집에 전화 좀 해."

"응? 응."

민아가 얼른 집에 전화했다. 엄마와의 대화는 끝이 없

었다. 긴 통화를 끝낸 민아가 물었다.

"오빠, 인제부터 어떻게 해?"

"글쎄, 아버지가 일단 기다려 보자고 하시네."

"알았어."

두 사람은 혹시 모를 비상사태에 대비해 곧바로 집 안팎을 다시 한번 점검했다. 출입문과 유리창을 확인해 보고, 소화기와 안전장치까지 점검하는 사이에 어느새 어두워졌다.

며칠 전부터 어두워지면 집안의 불은 모두 끄고, 일찍 잠자리에 들었다. 해가 뜨면 일어나고, 해가 지면 자는 생활이었다. 달빛이 아련히 방을 비추고 있었다.

"달빛이 참 좋구나."

"정말 은은하네, 오빠."

다음날이 밝았다. 하룻밤 사이에 수많은 사람이 인터 넷 매체에 공개된 대통령 관련 내용을 확인했고, 끝도 없는 댓글이 달렸다. 모두 하늘이 무너지고, 땅이 꺼지는 듯한 충격과 분노를 나타내고 있었다.

정신병원에 입원한 김 대통령은 이제는 정상적인 시 간보다 비정상적인 시간이 훨씬 더 많아졌다. 그는 수시 로 병실에서 자신의 범죄 사실과 피해자들의 이름을 줄 줄이 외치고 있었다.

그가 외치는 내용은 측근이 폭로한 기록과 정확하게 일치하고 있었다. 특별 병원 안에서 일어나는 일이고, 아무리 통제한다 해도 이러한 사실이 외부로 흘러 나가지 않을 수 없었다.

측근의 폭로 나흘 후였다. 충격과 분노 속에 빠져 있던 국민에게 이번에는 깊은 비애와 좌절을 느끼게 하는 결정적 사건이 또 일어났다.

대통령 후보 경선 당시 김 대통령의 경쟁자였으며, 스스로 투신하여 목숨을 끊은 박 후보에게는 아들이 하나 있었다. 그 아들이 아버지의 유서를 공개하는 기자회견을 가진 것이다.

기자회견 개최와 공개 여부를 놓고 논란이 있었지만, 기자회견은 예정대로 공개로 진행되었다. 박 후보의 아들은 기자회견을 시작하면서부터 목이 메어 말을 제대로 잇지 못했다. 그래도 그는 할 말을 했다.

"아버지와 여동생이 같은 날 갑자기 세상을 떠난 직후부터 어머니와 누나와 저는 극도의 공포 속에서 떨며 살아야 했습니다. 우리는 살아도 산목숨이 아니었고, 식구끼리 말을 나누기조차 어렵게 무서웠습니다. 어머니는 몇 번씩이나 혼절하셨습니다. 장례식을 어떻게 치렀는지도 잘 모르겠습니다. 하루하루 견디기가 정말 힘들었습니다. 지금도 그때를 생각하면 무섭습니다."

당시에 그가 느꼈던 공포감이 삽시간에 기자회견장을 뒤덮는 듯했다.

"지금까지 아버지의 유서를 공개할 엄두를 내지 못했으나 지금 대통령이 정신이상이 되었고, 진실이 밝혀지고 있으며, 최근 공개된 대통령에 의해 희생된 사람들의 명단에 아버지도 포함되어 있어 용기를 내 진실을 밝히는 것입니다."

잠시 말을 멈춘 그는 떨리는 목소리로 아버지의 유서를 차근차근 읽기 시작했다.

"그 사람은 나에게 자식들 다 죽이고 사퇴하겠느냐, 지금 사퇴하겠느냐 하며 협박했다. 나는 말 같지 않은 소리 하지도 말라고 하며 강력하게 사퇴를 거부했다. 다음 날 아침, 막내딸이 출근길에 갑자기 교통사고로 죽었다. 그것은 사고가 아니라 교통사고로 위장한 살인이었다. 그는 나에게 본보기를 보여준 것이다."

박 후보의 아들은 치밀어 오르는 감정을 억제하지 못해 잠시 읽기를 멈추었다가 계속했다.

"그는 내가 후보를 사퇴하는 것으로 만족하지 않을 것이다. 후에 내가 진실을 밝히려고 할 것이니 내가 죽어야 나에 대한 악행을 중단할 것이다. 만일 내가 죽지 않으면 그는 나의 남은 두 자식마저 죽일 것이다. 나는 나머지 두 자식을 살리기 위해 스스로 목숨을 끊을 수밖에 없다. 그는 한 가정을 파탄 내고, 한 국가를 파탄 내려고 하고 있다. 그러나 나는 그를 막을 힘이 없다. 내가 죽음으로 그 악마가 남은 내 두 자식을 살려주기만을 바랄 뿐이다."

유서를 힘겹게 겨우 다 읽은 박 후보의 아들은 끝내 폭발하고 말았다. 아버지의 원한을 풀어달라고 울부짖었고, 김 대통령을 처벌해 달라고 고함을 질렀고, 아버지를 목청껏 불렀다.

"우리 아버지를 살려내세요! 살려내세요! 아버지! 우리 아버지! 아버지!"

기자회견장에는 박 후보 아들의 슬프고 처절한 통곡만 가득했다. 박 후보의 아들은 강단에 서서 얼굴을 두 손으로 가리고 격하게 울고 있었다.

누군가 그를 부축해 자리에 앉혔다. 자리에 앉아서도 그는 아버지를 부르며 통곡을 멈추지 못했다. 기자회견장의 누구도 말이 없었고, 움직이지도 못했다. 어떤 여기자는 하염없이 눈물을 흘리고 있었다.

이 회견을 본 국민은 너무나 큰 충격을 받았고, 정신이 아득해지며 깊고 아픈 슬픔을 느꼈다. 김 대통령의 범죄 사실이 도저히 인간으로서는 할 수 없는 악랄한 발상이었고, 행동이었기 때문이었다.

온 나라가 깊은 정적에 빠졌고, 사람들의 일상 업무가 일시 마비되었다. 많은 사람이 박 후보 아들의 기자회견 내용의 일부라도 진실이 아니기를 바랐지만, 어느 하나도 진실이 아닐 수가 없었다.

어떤 매체도 논평이 없었으며, 정치권이나 당국의 누구도 이 사실에 대한 언급이 없었다. 그런 상태로 하루 이틀 지나가고 있었지만 사람들의 놀란 가슴은 좀처럼 진정되지 않았다.

다음 단계로, 사람들의 시선이 신기주에게 쏠리기 시작했다. 당시 갑자기 후보를 사퇴한 이유와 그가 알고 있는 진실을 밝히라는 무언의 압박이었다. 한편으로는, 어떤 희망적인 반전이 있지 않을까 하는 막연한 기대를 신기주에게 걸어보는 것이기도 했다.

신기주는 그런 분위기를 무겁게 받아들일 수밖에 없었다. 그는 자신의 입장이 어려움을 절감했다.

'그때의 진실을 밝힐 것인가, 아니면 침묵하며 진실을 묻을 것인가.'

사흘을 고민하던 그는 진실을 밝히기로 결심했다. 전 국민이 좌절과 정신적 공황 상태에 빠져 있고, 인간성에 대한 신뢰가 무너진 상태지만, 그렇더라도, 자신이 진실을 밝히지 않는 것은 옳은 일이 아니며, 충격과 좌절은 각자 극복해야 할 문제라고 최종 판단했다.

신기주는 소속 정당으로 이메일을 보내 매스컴에 공개해 달라고 부탁했다. 정당에서는 그 내용을 전 매스컴에 알렸다. 신기주가 정당에 보낸 내용은 간단했다.

"박 후보님이 협박을 받은 거의 같은 시각에, 저도 김 대통령으로부터 직접 전화를 받았습니다. 후보를 사퇴하겠느냐, 아들을 죽이겠느냐 양자택일하라고 했습니다. 시간은 24시간 주겠다고 했습니다."

'혹시' 하는 마음을 가졌던 사람들이 더 깊은 좌절과 비탄에 빠져 버렸다. 많은 사람이 김 대통령에게 이루 말할 수 없는 혐오감과 증오심을 품었으며, 그런 사람에게 속은 자신에게 심한 모멸감과 자괴심을 느꼈다.

사람들은 저런 인간이 어떻게 지금까지 살아왔으며, 대통령이 되었는지 모르겠다고 말했다. 저렇게 미친 것은 천벌을 받은 것이라고 말하기도 했고, 정말 인간이란 무엇인지 회의가 든다고 말하는 사람도 있었다.

8.

국내에서 이와 같은 참담한 일이 벌어지고 있을 때, 또 하나의 청천벽력 같은 소식이 전해졌다. 압록강 북변에 주둔하고 있던 중국군이 어떤 예고도 없이 압록강을 건너 북한 영토 내로 진군하고 있다는 소식이었다.

현재 북한은 악의 구렁텅이에 빠져 있었다. 살인이 일상화되다시피 했고, 전 국민이 기력을 잃고 쓰러진 상태였으며, 곳곳에서 사람이 굶어 죽어가고 있었다. 국가는 국가로서의 역할을 전혀 하지 못하고 있었다.

북한은 중국의 침공에 대해 완전히 무방비 상태였다. 중국군은 아무런 저항이나 전투 없이 3개의 진군로를 통해 거침없이 남쪽으로 내려가고 있었다.

중국의 북한 침공에 전 세계가 아연 긴장했다. 무모한 시도였지만 그럴 수 있는 일이라고 인정할 수밖에 없었다. 강대국이 기회만 생기면 주변의 약소국을 침공하는 사례는 세계 역사상 너무나 많았기 때문이었다.

더구나 지금 많은 국가가 자국에서 벌어지는 극단적 범죄와 사회적, 정치적 혼란으로 다른 나라의 일에까지 신경 쓸 형편이 아니었다. 대부분 국가가 비판을 자제하며 우려의 눈길만 보내고 있었다.

그러나 한국, 일본, 미국, 러시아 등 북한의 주변 국가들은 달랐다. 자국의 안위와 이익을 위해 마땅한 대응과 응징이 있어야 했다.

주변국들은 극도로 민감해진 상태에서 연일 최고위급 회의를 소집하고, 취할 수 있는 조치를 강구했다. 먼저, 미국이 중국에 강력하게 즉시 철군을 요청했으나 중국은 들은 척도 하지 않았다.

중국군은 매일 50km 정도 진군했다. 시간상 열흘이면 북한과 한국과의 국경인 휴전선에 도달할 수 있었다. 전 북한 영토가 중국군의 수중에 들어가고, 북한은 국가가 소멸될 지경이었다.

미국이 긴박하게 움직였다. 제 7함대가 동해로 이동하고, 본토에서 핵무기 발사를 급하게 준비하고, 주한 미군도 분주하게 움직였다. 미국은 그렇게 서두르고 있었지만 실질적 효과는 없을 것 같았다.

미국이 전략적, 시간적으로 중국의 남진을 직접 막기

어렵다면 대안이 필요했다. 현재로서 대안은 한국과 일본밖에 없다. 그러나 일본은 바다 건너에 있고, 쉽사리 군사 작전에 참여할 수 있는 여건이 되지 못했다. 중국에 대응할 수 있는 국가는 한국뿐이었다.

현재 휴전선 일대에는 한국군 정예부대가 집결하여 있고, 미군 또한 한국군을 지원할 만반의 준비를 갖추고 있었다. 한국군은 출동 준비가 완료된 상태였다.

그러나, 한국은 지금 정치적으로나 군사적으로 무엇을 할 수 있는 형편이 아니었다. 김 대통령의 과거 행적으로 인해 국가의 근간이 흔들리고 있었기 때문이었다. 한국으로서는 중국군의 북한 침공보다 국내 문제가 더 시급하고 심각한 문제였던 것이다.

한국은 김 대통령 사건 이후, 국가나 개인이 모두 깊은 좌절 상태에 빠져 있었다. 시간이 지날수록 국민감정은 좌절을 극복하기보다는 무기력과 자포자기로 흘러가고 있었다.

이런 때를 기다리기나 했다는 듯이 강도, 절도, 폭행, 성범죄 등 강력 범죄들이 증가하기 시작했다. 끝내는 살인 사건이 증가하기 시작했다. 그러나 경찰과 당국은 적절하게 대처하지 못하고 있었다.

누구도 이 난국을 타개할 시도조차 하지 못하고 있었

다. 모든 사람이 체념 속에서 그저 하루하루 자기 할 일만 겨우 하고 있었다. 한국도 북한의 전철을 따르려는 듯이, 범죄 국가로 이행할 조짐이 나타나고 있었다.

그렇게 하루하루 시간만 흘러가는 사이에 남진을 계속하던 중국군은 평양－원산 선 남방 대동강 하구에서 진군을 멈추었다. 그 정도에서 분위기를 살펴보고 차후 대책을 구상하자는 의도로 보였다.

현재 중국군과 한국 국경선 사이의 거리는 150km도 채 되지 않았다. 이 거리는 서울에서 대전까지의 거리와 비슷했다.

9.

이때 이 난국을 수습할 길을 찾아보자고 나서는 사람이 하나 나타났다. 그는 대통령실 수석비서관 중의 한 사람인 정 수석으로 김 대통령의 비행을 인터넷 매체에 공개한 바로 그 사람이다.

그는 김 대통령을 고발할 당시에는 그렇게 하지 않을 수 없었다고 했고, 지금 이 위기를 극복하기 위해서는 나라를 위해 헌신할 유능하고 인망 있는 사람을 시급히 찾아야 한다고 강조했다.

많은 사람이 정 수석의 의견에 동의했다. 그리고 그는 김 대통령의 최측근으로서 김 대통령을 고발함으로 용기 있고 정의로운 사람으로 인식되고 있었다.

정 수석은 이 위기를 극복할 사람으로 신기주를 추천했다. 신기주는 인품이 훌륭하고 능력이 있으며, 대통령 후보로서도 충분히 경쟁력이 있었으므로 그가 이 위기를 극복할 수 있는 가장 적임자라고 주장했다.

그는 우선 정부의 적당한 자리에 신기주를 임명한 후
에 당에서 신기주를 차기 대통령 후보로 지명하고, 이어
대통령 보궐선거를 실시하면 어떻겠냐는 의견을 제시했
다. 정부와 당뿐 아니라 정치계에서도 많은 인사들이 이
에 찬동했다.

정 수석은 분위기가 무르익자 신기주에게 연락하여
면담을 요청했다. 두 사람을 비롯하여 정부와 여당에서
각 두 사람씩 참석한 비공식 저녁 모임을 가졌다. 그 자
리에서 참석자들은 이구동성으로 신기주에게 이 난국 해
결을 위해 일해 달라고 간곡히 부탁했다.

신기주는 자신에게 너무 과중한 책무이니 생각할 시간
을 달라고 하고 그날 모임을 마쳤다. 비교적 좋은 분위
기에서 긍정적인 방향으로 이야기가 진전되었다.

다시 신기주의 고민이 시작되었다. 그러나 그 고민은
오래 가지 않았다. 신기주는 이 난국을 헤쳐나가는 데에
자신도 어떠한 형태로든 힘을 보태야 한다고 생각했다.
다음날 그는 정 수석의 제안을 수락했다.

신기주는 서둘러 절차를 거쳐 국무위원에 임명되었다.
그는 장관이 된 것이다. 이 사실은 곧바로 공지되었다.
많은 사람이 그나마 안도의 숨을 쉴 수 있었다. 신기주

라면 어떻게든, 무엇이든 희망적인 일을 할 수 있을 것 같았기 때문이었다.

신기주는 바빴다. 난생처음 국가라는 큰 조직의 정신적, 현실적 지향 방향을 구상하고 실행해야 하는 그로서는 책임이 막중했다. 매일 많은 사람을 만나 조언을 듣고, 함께 국가가 나아갈 방향을 의논했다.

그러나 그의 주변에는 그를 시기하고 모함하는 사람도 많았다. 너무 빨리, 너무 높이 올라가는 신기주에게 시샘을 느낀 것이었다. 신기주는 많은 난관에 부닥쳤다. 그때마다 아낌없이 신기주를 지지하고 지원해 준 사람이 정 수석이었다.

정 수석은 강력한 카리스마로 신기주의 반대 세력을 하나씩 제압해 나갔다. 차차 신기주를 폄하하고 비난하는 세력은 줄어들었다. 신기주와 정 수석은 그야말로 환상의 조합이었다.

정치권도 이제는 김 대통령의 충격에서 조금씩 벗어나는 듯했다. 국민도 정신이 아득했던 상태에서 다시 제 길로 돌아가는 듯 보였다. 여기저기에서 생기가 돌기 시작했고, 곳곳에서 웃음도 되찾았다.

그러나 지금의 국내외 상황은 너무나 어려웠다. 국내 정세는 말할 것도 없고, 당장 북한에 주둔하고 있는 중국군이 문제였고, 주변 국가들과의 이해관계 정립도 시급한 문제였다.

신기주는 이렇게 어려운 여건 아래에서 최선을 다해 노력하고 있었다. 아직 그가 국가 조직 안에서 수행하는 업무는 유동적이었고, 눈에 뜨이는 성과는 없었다. 그러나 그가 정부 안에 없었을 때와 지금 있을 때는 국가와 국민이 느끼는 심리적 안정감에는 차이는 컸다.

그날도 신기주는 바빴다. 정치권의 몇몇 사람과 저녁 식사를 하면서 현안을 의논하였다. 너무 늦지 않게 모임을 끝내고 집으로 가는 길이었다. 그는 주로 지하철을 이용했다.

지하철역 지상에서 계단을 걸어 아래층으로 내려가고 있었다. 사람이 그리 많은 편은 아니었고, 아주 한적한 편도 아니었다.

계단 중간쯤 내려왔을 때였다. 어디선가 나타난 건장한 남자 세 사람이 그를 에워싸고 계단 벽으로 밀어붙였다. 청바지에 평범한 점퍼를 입은 중년 남자들이었다. 신기주가 놀라 "어? 어?"하고 있었다.

한 명이 신기주의 목을 잡아 누르며 그대로 벽에 붙여 세워 놓았다. 곧바로 세 사람은 허리춤에서 군용 대검 같은 칼을 하나씩 뽑아 들고 앞과 양옆에서 각자 서

너 번씩 사정없이 찔렀다. 칼날이 신기주의 몸을 깊숙이 쑤시고 들어왔다.

　잡고 있던 목을 놓자 신기주는 맥없이 그 자리에 푹 고꾸라졌다. 한 명이 쓰러진 신기주의 명치 끝에 한 번 더 칼날을 깊숙이 찔러 넣었다. 그들은 피 묻은 칼을 쓰러진 신기주의 옷에 몇 번 쓱쓱 문질러 닦고는 그대로 사라져 버렸다.

　신기주는 온몸 여기저기에서 피를 콸콸 쏟으며 지하철역 계단에 쭈그린 채 쓰러져 있었다. 주변에 많은 사람이 몰려들었으나 너무나 참혹한 모습에 겁에 질린 채 서서 보고만 있었다.

　신기주는 쓰러질 때 바닥에 이마를 부딪쳤다. 그의 눈썹 위에서부터 피가 줄줄 흐르고 있었고, 두 눈에서는 굵은 눈물이 솟아 나오고 있었다.

　그가 흘리는 피와 눈물이 범벅이 되어 차가운 지하철 계단 바닥에 뚝뚝 떨어지고 있었다. 그는 바닥에 얼굴을 기댄 채 흐려지는 정신 속에서 웅얼거렸다.

　"할아버지! 단군 할아버지! 규호, 규호를 살려주세요! 단군 할아버님! 규호를 살려주세요! 제발, 제발요! 규호야! 규호야!"

　신기주는 단군 할아버지를 부르고, 아들을 겨우 부르

며 정신을 잃어가고 있었다. 옆에 서 있던 한 젊은이가 외쳤다.

"신기주다. 대통령 후보로 나왔던 신기주다."

잠시 후에 119구급차가 도착하여 급하게 신기주를 병원으로 이송했으나 신기주는 과다 출혈로 이미 사망한 후였다. 신태수의 아들이며, 신규호의 아버지인 신기주는 그렇게 노상에서 피를 쏟고 세상을 떠났다.

신기주를 습격하여 살해한 사람들은 정 수석이 보낸 킬러들이었다. 정 수석은 악마였다. 그는 김 대통령을 대통령으로 만드는 데에 공로가 컸고, 또 그를 몰락시킨 장본인이었다.

그는 국민들이 신기주에게 기대를 걸고 잔뜩 희망에 부풀게 해놓고, 다시 신기주를 참혹하게 죽임으로 국민을 헤어 나올 수 없는 절망의 절벽 아래로 밀어 버렸던 것이다.

그는 자신이 지하 세계의 불꽃 속에서 받았던 고통의 일부라도 인간들에게 복수한 것 같아 회심의 미소를 지으며 말했다.

"인간들아, 아직 멀었다. 너희들의 고통은 이제부터 시작이야."

10.

지금 지구상에서 벌어지는 이 모든 죄악은 악마들이 벌이는 현상이었다. 악마란 악한 인간에게 악령이 침투하여 만들어진 인간이다. 악인과 악령의 결합체인 것이다. 악마들의 겉모습은 사람이었으나 그들의 영혼은 인간의 영혼이 아니었다.

한국의 김 대통령, 정 수석, 북한의 살인자 같은 사람들이 악마였고, 세계 각국에도 상당수의 악마가 흩어져 있었다. 악마가 인간 세계에 실제로 등장하여 세상을 악의 세계로 몰아가고 있었던 것이다.

악마들은 자신들이 악령으로 지하 세계에 있을 때, 그곳에서 겪었던 고통보다 더 심한 고통을 인간들에게 주고 싶어 했다.

그들은 인간끼리 서로 원망하고 증오하다가, 희망도 미래도 모두 잃고 좌절하다가, 서로 죽이고 죽다가, 마침내 모든 것을 다 잃고 길고 깊은 고통 속에서 비참하게 죽기를 원했다. 그리고 그러한 상태가 영원히 계속되기를 원했다.

지금은 악마가 악행을 주도하고, 악한 인간들이 그것을 추종하며, 많은 사람이 그에 방관 내지 동조하는 시대가 되었다.

인간에게는 선한 본성과 악한 본성이 함께 있으나, 악마가 등장하여 준동함으로 인간의 선한 본성보다 악한 본성이 우세하게 표출되고 있었던 것이다.

11.

다른 날과 마찬가지로 옥천 산골에 밤이 되니 세상은 완전한 적막에 빠졌다. 가끔 들리던 멀리서 개 짖는 소리도 오늘 밤은 들리지 않았다. 어두운 하늘에 달빛과 별빛만 희미하게 가물거릴 뿐이었다.

두 사람은 불도 켜지 못한 거실에서 검은 벽을 바라보며 소파에 앉아 있었다. 규호는 어제 아버지로부터 국내 소식은 물론, 최근의 세계 각국의 소식을 자세히 들었다. 규호는 그 이야기들을 되새겨 보았다.

"언제까지 이래야 하나. 정말 무슨 엄청난 일이라도 벌어지는 건가?"

"오빠."

"민아야, 무섭지?"

"무서워, 너무 무서워. 그래도 오빠가 옆에 있어서 괜찮아."

"그래, 무서워하지 말자. 용기를 내자."

두 사람에게 지금의 상황은 너무 어렵고 무서웠다. 요 며칠 사이에는 머릿속이 더 텅 비어가고, 아무 생각도 떠오르지 않았다. 그저 이 불안한 시기가 빨리 지나갔으면 좋겠다는 생각뿐이었다.

"그래, 이럴 때일수록 침착하고 냉정해야 해. 아직 실제로 무슨 일이 일어난 건 아니잖아. 아직 시간이 있어. 아, 그런데, 뭐가 어떻게 되는 거지?"

"오빠, 노래 하나 부르자."

"그래, 무슨 노래 부를까?"

두 사람은 두려움을 잊고, 마음을 가라앉히기 위해 작은 소리로 함께 노래를 부르며 한참을 더 그렇게 앉아 있다가 침실로 들어갔다.

막 침대에 누우려는 순간이었다. 침대 옆 작은 탁자에 올려놓은 경보기가 날카로운 경보음을 내면서 붉은 등이 급하게 깜박거렸다.

"오빠, 무슨 일이야?"

"누가 오나 봐. 빨리 옷 입고 준비해!"

"오빠! 오빠!"

민아의 입에서 낮은 비명이 터져 나왔다. 이 시각에 이웃이나 또 다른 사람이 방문 목적으로 이 집에 올 리가 없다. 더구나 이 집은 불이 다 꺼져 있었다. 지금 이 집에 오는 사람은 분명 불순한 침입자일 수밖에 없었다.

규호는 이곳에 오자마자 집으로 들어오는 외길에 10분 거리, 5분 거리에 하나씩, 집 둘레 네 방향에 하나씩, 모두 여섯 개의 자동 센서 경보기를 설치했다.

누군가 길에 들어서거나 집 주위에 접근하면 경보기가 작동하도록 해놓았다. 지금 이 경보는 길에 설치한 첫 번째 경보기에서 보내는 신호였다.

"준비됐어?"

"응, 다 됐어."

두 사람은 옷을 단단히 챙겨 입고 겉옷을 하나씩 더 걸쳤다. 5분 후면 두 번째 경보가 울릴 것이다. 그러면 일단 밖으로 나가는 것이 좋다. 두 번째 경보가 안 울리기를 바랐지만, 금방 두 번째 경보가 요란하게 울렸다.

이제는 시간이 없다. 두 사람은 급히 뒤편의 창고방으로 갔다. 거기서 미리 준비해 놓은 배낭을 하나씩 메고 쪽문을 통해 밖으로 나갔다. 뒷담을 돌고 언덕을 넘어 산으로 향했다.

산을 오르는 길도 외길이다. 깜깜한 밤에 좁은 산길을 오른다는 것은 쉽지 않은 일이었다. 그래도 자주 다닌 길이고 유심히 보아둔 길이어서 손전등을 켜 들고 조심스레 한 걸음씩 올라갈 수 있었다.

산길 중간쯤의 산모퉁이에 섰다. 어두워 집은 보이지 않았으나 어림잡아 집 방향을 바라보았다. 단순한 방문객이라면 집이 비어 있으니 그냥 돌아갈 것이다. 그러면 두 사람은 다시 집으로 돌아갈 수도 있다.

그때였다. 먼 거리임에도 불구하고 '쩽그렁!'하고 유리창이 깨지는 소리가 나더니, 곧이어 '우당탕!'하고 부서지는 소리가 들려왔다.

잠시 후에 집의 모든 전등이 켜졌다. 전깃불이 켜지면서 집 주변이 어렴풋이 보였다. 불이 켜진 집에서 부서지고 깨지는 소리는 한참 더 들려왔다. 두 사람은 불안한 숨길을 내쉬며 또 정상을 향해 걸었다.

산이 그들이 숨을 곳이다. 정상 아래 넓은 바위 옆에 급한 비탈이 있다. 비탈 중간쯤 바위의 단층 사이에 두 사람이 겨우 몸을 숨길 만한 작은 공간이 있다. 미리 준비해 놓은 나뭇가지로 그 공간 앞을 가리고 숨자는 것이 그들의 계획이었다.

몇 번이나 넘어질 듯하면서 넓은 바위까지 힘들게 올라온 두 사람은 바위 위에 서서 집 쪽을 바라보았다. 사방이 어두워 집은 물론 아무것도 보이지 않았다. 겨우 하늘과 땅을 구분할 수 있었다.

잠시 후였다. 두 사람의 입에서 동시에 "악!" 하고 절망적인 비명이 터져 나왔다. 집이 있는 방향에서 불길이 보이기 시작한 것이다. 침입자가 집을 부수고 불을 지른 것이다.

불길은 처음에는 작고 희미했으나 곧 큰불로 훨훨 타오르고 있었다. 불길이 깜깜한 밤하늘을 붉게 물들이고 있었다. 도대체 누구길래, 어떤 사람이길래, 남의 집을 부수고 불을 지른단 말인가.

저런 짓을 할 정도라면 저들은 틀림없이 우리를 잘 알고 있는 사람일 것 같았다. 저들은 우리를 해칠 목표를 세우고 기회를 노리다가, 오늘을 침입 날짜로 잡고 쳐들어왔다는 확신이 들었다.

그리고 그동안 우리를 지켜보았다면, 우리가 산으로 도망가리라는 것도 충분히 예상했을 것이다. 저들은 곧 우리를 추격하여 산으로 올라올 것이다.

어쩌면 저들은 우리가 숨으려고 하는 바위틈의 저 작은 공간도 알고 있을지 모른다. 거기 숨어 있다가 저들에게 들키면 꼼짝없이 잡히게 된다. 그다음에는 무슨 일을 당할지 모른다.

'어떻게 해야 하나? 어떡해야 한단 말인가?'

불길이 잦아들면서 주변이 다시 어두워지고 있었다.

두 사람은 두려움에 떨며 집 쪽을 바라보고 대책 없이 바위 위에 서 있었다.

잠시 후였다. 저 아래 산길 어귀쯤에서 아주 작은 붉은 점이 얼핏 보이는 것 같았다. 두 사람은 눈을 부릅뜨고 그 지점을 지켜보았다.

그것은 분명 붉은 점 같은 불빛이었다. 불빛은 하나가 아니고 여러 개였다. 저들이 지금 손전등을 켜 들고 이 산길을 올라오고 있는 것이다. 붉은 점은 보였다, 안 보였다 하고 있었다.

손전등 불빛이 좀 더 분명해졌다. 저들은 곧 여기까지 올라올 것이다. 저들을 피해 어떻게든 도망가야 한다. 그러나 갈 곳이 없다. 두 사람은 여기서 멀지 않은 정상까지 밖에 모른다. 정상 반대편으로는 길이 있는지조차 모른다.

불빛이 한참 보이지 않다가 다시 보이기 시작했다. 불빛은 아직 작지만 주변의 어둠 속에서 점점 더 선명해지고 있었다. 거리가 더욱 가까워졌다는 얘기다.

'어떻게 해야 하나? 이제 어떻게 해야 하나?'

두 사람은 바위 위에서 떨고만 있었다. 이 위기를 벗어날 길이 없고, 저들에게 잡혀 비참한 죽임을 당할 것만 같았다. 절망뿐이었다. 규호의 입에서 자기도 모르게 절박한 애원이 흘러나왔다.

"아버지, 도와주세요, 아버지!"

규호가 두려움에 가득 찬 목소리로 몇 번이고 아버지를 부르는 순간, 그의 머리에 번쩍하며 떠오르는 기억이 하나 있었다. 오래전의 일이지만, 지금 그 기억은 마치 며칠 전에 있었던 일처럼 선명하게 떠올랐다.

규호가 중학생일 때였다. 할아버지께서 식구를 모두 불러 유언을 남기실 때, 꼭 기억해 두라고 강조하시면서 남기신 말씀이 지금 규호의 머리에 떠오른 것이다.

"너희들이 도저히 감당할 수 없는 위기의 순간이 오면 그때 단군 할아버지를 불러라. 그러면 그분께서 너희를 도와주실 것이다."

규호는 곧 "네." 하고 큰소리로 대답하고, 넓은 바위 위에 서서 하늘을 향해 목이 터져라 하고 외쳤다.

"할아버지, 단군 할아버지, 도와주세요, 살려주세요!"

민아는 규호의 팔만 꼭 붙잡고 울먹이고 있었다.

"민아도 단군 할아버지한테 살려달라고 소리쳐."

두 사람은 목이 터지도록 단군 할아버지를 불렀다.

"할아버지, 단군 할아버지, 도와주세요, 살려주세요!"

"살려주세요, 단군 할아버지, 살려주세요!"

단군 할아버지에게 살려달라고 애타게 부르짖던 민아

는 지친 나머지 결국 바위 위에 털썩 주저앉아 깊게 흐느끼기 시작했다. 규호도 그 옆에 앉아 민아의 어깨를 감싸 안고 꼼짝도 하지 못하고 있었다.

거의 같은 시각에 신규호의 아버지 신기주가 흉한들의 칼에 찔려 세상을 떠났다. 두 사람은 신기주의 죽음을 모른다.

12.

두 사람은 바위 위에 주저앉아 단군 할아버지만 애타게 부르고 있었다. 그때, 넓은 바위 옆의 작은 공터에 이상한 물건이 하나 나타났다. 공터에는 맨땅에 풀만 몇 포기 듬성듬성 나 있었는데 처음 보는 이상한 물건이 그곳에 덩그라니 서 있는 것이었다.

지금은 깜깜한 밤이고 달빛, 별빛만 희미한데 그 이상한 물체는 스스로 약간 붉은 빛을 내고 있었다. 그것은 둥그런 투명한 물체로 지름이 사람 키보다 조금 더 큰 것 같았다. 민아가 울음을 멈추고 조심스레 물었다.

"오빠, 저게 뭐야? 저거 언제부터 저기 있었어?"

규호가 긴장한 채 그 물건을 바라보며 말했다.

"글쎄, 저긴 분명히 아무것도 없었는데."

두 사람은 일어나 가까이 가 보았다. 안에는 아무것도 없고 그저 투명할 뿐이었다. 손을 대보기도 조심스러워

돌아가며 잘 살펴보았지만 아무래도 생전 처음 보는 신기한 물건이었다. 규호가 자신 없는 말투로 말했다.

"단군 할아버지께서 보내셨나?"

"맞아. 그런가 봐."

"그렇겠지?"

두 사람이 참으로 허무맹랑하기도 하고, 말이 되기도 하는 대화를 주고받으며 계속 그 물체 주위를 돌며 살펴보았다. 그때 그 이상한 물체 중앙의 일부분이 문처럼 스르르 열렸다. 민아가 한 마디 던졌다.

"이거 문 같은데. 우리한테 들어오라는 것 같아."

"그런 거 같네."

규호가 몸을 돌려 다시 저 아래 산길을 내려다보았다. 칠흑 같은 어둠 속에서 조금 커지고 뚜렷해진 붉은 점 몇 개가 사라졌다 나타나기를 반복하고 있었다. 저 정도면 정말 멀지 않다는 이야기다.

"저 사람들 정말 다 왔네. 아, 어떡하지?"

다시 물체를 둘러보았지만 아무리 봐도 알 수가 없었다. 지금은 절박한 마지막 순간이다. 저 사람들에게 잡혀서는 안 되고, 피할 수 있는 다른 길도 없다.

규호는 더 이상 망설일 수가 없었다. 이 이상한 물체가 무엇인지, 또 저 안에 들어가면 어떻게 될지 모르겠지만, 이 순간에 저 물체 안으로 들어가는 것 이외에는 다른 선택이 없었다. 할아버지의 유언에 따르고, 단군 할아버지의 도움을 기대하는 수밖에 없었다.

"타자."

규호가 앞장서서 물체 안으로 들어가고 민아가 따라 들어갔다. 물체 안은 두 사람이 서 있기에 적당한 크기였다. 두 사람이 들어서자 문이 닫히고 다시 그냥 벽이 되었다.

"오빠! 오빠!"

놀란 민아가 벽을 마구 두드렸다. 물체의 재질은 유리나 투명 플라스틱 같았으나 무엇인지 알 수가 없었다. 벽은 탄력이 조금 있었고 상당히 두꺼운 것 같았다.

두 사람은 처음 겪는 이상한 일에 어쩔 줄 몰라 하고 있었다. 낯선 공간에 갇혔다는 느낌에 두렵기도 했다. 그 순간, 물체가 공터에서 수직으로 곧장 하늘로 올라가기 시작했다. 규호가 놀라 소리쳤다.

"어, 이게 움직이네. 올라가네."

두 사람을 실은 물체는 처음에는 천천히 올라갔으나 곧 엄청난 속도로 하늘로 달려 올라가고 있었다. 두 사람은 너무 놀라운 예상 밖의 일이라 생각이 멈추어지는 듯했다.

물체 안에서 기압의 변화 같은 것은 느끼지 못했다. 단지 미세한 흔들림이 있고, 물체 밖의 광경이 달라지는 것으로 보아 이 물체가 움직이고 있다는 것을 알 수 있었다.

시간이 10~20초 정도 지난 것 같았다. 물체는 대기권을 벗어난 듯했다. 밖은 마치 공기가 없고 매우 차가운 듯한 느낌이 들었다. 물체가 수직 상승을 멈추고 서서히 섰다. 규호가 나지막하게 말했다.

"어, 이게 멈추네. 서네."

바로 앞에 커다란 둥근 지구가 허공에 떠 있었다. 표면의 바다는 여러 종류의 푸른색이었고, 육지는 갈색, 녹색, 검은색이 마구 섞여 있었다. 그 위로 크고 작은 흰색, 회색의 구름도 간간이 보였다.

"저게 지구구나. 저게 우리가 사는 지구구나. 아름답다, 정말 아름답다. 신기하고, 신비롭구나."

두 사람은 넋을 잃고 지구를 바라보고 있었다. 규호는 지구를 바라보며 어디가 어디인지 찾아보려고 했으나 그것은 정말 어려운 일이었다.

사진이나 지도로 보던 지구와 지금 이 자리, 이 우주에서 보는 것은 시각 자체가 달랐다. 그래도 규호는 계속 무엇인가를 열심히 찾아보고 있었다. 갑자기 민아가 소리쳤다.

"오빠, 저건 뭐야? 저게 달인가?"

민아가 가리키는 곳에 지구보다 훨씬 작은 동그란 형체가 하나 떠 있었다.

"저게, 저게 달이네!"

"저게 달이야? 저렇게 작아?"

규호는 대답이 없었다. 민아가 또 물었다.

"오빠, 근데 저기 토끼가 살아?"

"토끼? 토끼라니?"

규호는 이 위급하고 절박한 순간에 달을 보며 토끼가 사냐고 물어보는 민아의 상상력에 입을 다물지 못했다. 조금 있다가 규호가 체념 어린 답을 던졌다.

"저기 어딘가에서 민아 떡 해주려고 쿵쿵쿵쿵 방아 찧고 있겠지."

조금 전까지 옥천 산꼭대기에서 난폭한 침입자에게 쫓기며 생사의 갈림길에 서 있던 두 사람은 어느 사이에 그 절체절명의 순간은 다 잊고 있었다.

지금은 그저 아름답고 신비로운 지구와 달과 우주를 바라보며 감탄 속에서 흥미롭게 감상하고 있을 뿐이었다. 규호는 사람의 마음이 이렇게 빨리, 이렇게 크게 바뀔 수 있다는 사실에 놀랐다.

227

지구와 드넓은 우주와 지금 타고 있는 물체를 번갈아 바라보던 규호가 민아의 어깨 위에 두 손을 얹고 큰 발견이라도 한 듯 선언했다.

"이 이상한 물체를 우주 풍선이라 부르면 어떨까?"

"우주 풍선? 그거 좋네. 오빠는 이름도 참 잘 짓네."

민아는 언제, 어디서든지 규호가 무엇을 하기만 하면 그저 잘한다고 과잉 칭찬을 하였다. 그리고 자기도 좋아했다. 규호가 민아의 어깨를 자상하게 쓰다듬어 주었다. 민아의 표정이 진지해지며 물었다.

"오빠, 근데 지금 이 우주 풍선은 어디로 가는 걸까? 지구로 돌아가나?"

"글쎄, 결국 지구로 돌아가겠지."

"그래야지."

잠시 멈추었던 우주 풍선이 다시 달리기 시작했다. 아까보다 더 긴 시간을 달린 것 같았다. 그러다가 또 멈추었다. 지금 지구는 저 멀리 축구공만 하게 보이고 달은 보이지 않았다. 주변에는 온통 어두움뿐이었다.

한참 지구와 우주를 바라보던 두 사람은 지구의 반대편 우주의 끝, 저 멀리에 야구공만 한 아주 밝은 별 하나를 발견했다. 민아가 속삭였다.

"지구가 아까보다 훨씬 작게 보이네. 그런데 저쪽의

저 밝은 별은 뭘까?"

곧바로 민아가 다시 크게 외쳤다.

"오빠, 오빠, 저게 태양 아니야?"

규호는 집중하여 그 흰 별을 오랫동안 바라보았다. 아무리 보아도 저 위치, 저 밝기라면 저 별은 태양계의 중심인 태양일 수밖에 없을 것 같았다. 규호가 불확실한 말투로 말했다.

"아무래도 저게 태양인 거 같네."

"태양 맞지? 오빠 고향 태양 맞지?"

"내 고향? 저 뜨거운 태양이 내 고향? 죄송하지만 제 고향은 서울입니다요."

두 사람은 농담을 섞어가며 우주를 감상하고 있었다. 우주 풍선에서 보이는 우주의 왼쪽 끝에는 지구, 오른쪽 끝에는 태양이 있었다. 거리는 전혀 가늠할 수가 없었다. 두 사람은 지구와 태양을 번갈아 바라보고 있었다.

그때였다. 태양의 아래쪽에서 탁구공만 한 작은 빛의 조각 하나가 떨어져 나왔다. 그 빛의 조각은 태양 아래 허공에 멈추어 있었다. 규호가 의문을 가지고 속삭이듯 말했다.

"저건 뭐지? 태양에서 조각 하나가 떨어져 나왔네."

동그란 빛의 조각은 한참 동안 그대로 멈추어 서 있

었다. 그러더니 곧바로 어두운 우주의 한복판을 가로질러 직선으로 달려가기 시작했다. 그것은 가늘고 긴 꼬리를 달고 있었다.

"아니? 아니?"

달려가는 빛의 조각이 향하는 곳은 지구였다. 저것의 목표는 지구인 것이 틀림없었다. 두 사람은 너무 놀라고 두려워 발을 구르며 외마디 소리를 질렀다.

"안 돼! 안 돼! 멈춰! 멈춰!"

규호와 민아의 높은 비명이 연속 터져 나왔다. 그러나 두 사람의 비명과는 상관없이 그 흰 빛의 조각은 쉬지 않고 계속 무섭게 달려가고 있었다. 저대로 달리면 곧 지구와 충돌할 것 같았다.

절박해진 두 사람은 우주 풍선의 벽에 딱 달라붙어 벽을 마구 두드리며 소리쳤다. 그래도 빛의 조각은 달리고 있었다.

"안 돼! 안 돼! 서! 서! 거기 서!"

두 사람은 벽에서 주르르 미끄러지며 바닥에 주저앉았다. 주저앉은 채 계속 멈추라는 소리만 애타게 외쳐대고 있었다.

"안 돼! 안 돼! 단군 할아버지! 제발 세워주세요! 제발요! 단군 할아버지! 할아버지!"

그때, 아득히 먼 곳에서부터 환청인 듯한 소리가 울리며 두 사람의 귀에 들려왔다.

"아가들아, 나도 마음이 몹시 아프구나. 그러나 어쩔 수가 없구나. 너희라도 살아야 한다."

두 사람은 그 소리를 듣기는 들었다. 그러나 그 소리가 무엇인지 생각할 겨를이 없었다. 민아는 계속해서 자지러지는 비명을 지르고 있었고, 규호는 가슴이 미어지며 힘없이 중얼거리기만 했다.

"서! 서! 안 돼! 안 돼!"

빛의 조각은 두 사람의 절박한 애원에도 불구하고 계속 달리고 있었다. 마침내 빛의 조각은 그대로 지구의 한복판에 들이박혔다. 충돌의 순간에는 아득한 적막감만 감돌았다.

"어떡해! 아, 어떡해! 엄마! 엄마!"

다음 순간, 지구가 폭발했다. 폭발로 만들어진 형체는 흰 빛의 원이었다. 그것은 계속 커지며 우주를 환하게 밝히고 있었다. 폭발의 규모는 어마어마하게 크고 강력해 보였다.

"엄마! 아빠!"

"아버지! 어머니! 이렇게 다 끝나는 거예요?"

두 사람은 지구의 폭발을 바라보며, 민아는 애타게 부

모님을 부르며 넋이 나간 듯 앉아 있었고, 규호의 두 눈에 눈물이 고이더니 주르륵 흘러내렸다.

두 사람이 절망하는 가운데, 폭발로 만들어진 흰 빛의 원은 급속히 커지며 두 사람이 탄 우주 풍선으로 다가오고 있었다. 두 사람은 너무 눈이 부셔 그 큰 빛의 원을 바라볼 수가 없었다. 규호가 소리쳤다.

"눈 감아! 얼굴 가려!"

두 사람은 눈을 꽉 감고, 두 손으로 얼굴을 가렸다. 지구가 폭발하면서 발생한 뜨거운 열기와 거대한 파장이 두 사람이 탄 우주 풍선으로 빠르게 밀려오고 있었다. 우주 풍선은 일그러지고 뜨겁게 달구어지면서, 폭발의 반대 방향으로 빠른 속도로 밀려 나가고 있었다.

"아!"

두 사람은 서로 기대며 견디어 보려고 했다. 그러나 너무 뜨겁고 압력이 높아 고통이 극한에 이르렀다. 열기에 온몸이 녹아버릴 것 같았고, 압력에 몸이 터질 것 같았다. 그 고통을 견딜 수가 없었다.

마침내 두 사람은 정신을 잃고 바닥에 쓰러지고 말았다. 아무것도 느끼지 못하고, 아무것도 알지 못하는 두 사람을 태운 우주 풍선은 빛도 없고, 끝도 없는 어두운 우주로 까마득하게 사라져가고 있었다.

13.

얼마나 시간이 지났을까. 죽은 듯이 쓰러져 있던 민아가 정신을 차리고 가까스로 일어나 앉았다. 옆에 쓰러져 있는 규호는 아직 정신이 돌아오지 못하고 있었다. 겁이 덜컥 난 민아가 규호를 마구 흔들어 깨웠다.

"오빠! 정신 차려! 정신 차려! 눈 떠! 눈 떠 봐!"

민아가 필사적으로 흔들어 깨우자 규호가 겨우 눈을 떴다. 차차 정신이 든 규호가 일어나 앉았다. 민아가 아직도 하얗게 질린 얼굴로 규호의 두 어깨를 움켜쥐고 울먹이며 말했다.

"오빠가 눈 안 뜰까 봐 나 너무 무서웠어!"

"괜찮아. 난 이제 괜찮아. 민아도 괜찮아?"

"응, 괜찮은 것 같아. 근데 우린 살아난 거야?"

"그래, 지금 우리는 분명히 살아 있네."

잠시 말이 끊어졌다가 민아가 어렵게 말을 이었다.

"아까 지구가 폭발했는데, 그럼, 사람들은 다 죽은 거야? 우리 부모님들도 다 돌아가신 거야?"

규호가 오랫동안 아무 말도 못 하다가 작게 말했다.

"그렇겠지."

민아가 깊은 울음을 쏟아냈다.

"어떻게 이럴 수가 있어. 어떻게. 엄마! 아빠!"

규호가 한참 후에 겨우 한마디 했다.

"그래도 우린 살았잖아."

"우리만 산 거야? 우리밖에 없어?"

"그렇겠지."

민아가 또다시 어깨를 흔들며 절규했다.

"우리만 살면 뭐 해. 다 같이 살아야지."

규호가 민아를 안아주며 나지막하게 말했다.

"그럼 어떻게 해. 우리만 산 걸 어떻게 해."

기적적으로 살아난 두 사람은 아무 말도 하지 못하고 하염없이 앉아 있었다. 마침내 두 사람은 지금은 모든 것을 잊고, 모든 것을 체념해야 할 시간임을 인정해야만 했다. 슬픔도 이기고, 아픔도 참아야 했다. 두 사람이라도 살아야 했다. 규호가 힘을 냈다.

"일어나자!"

두 사람은 서로 지탱해 가며 천천히 힘겹게 일어섰다.

조심스레 서로 몸 상태를 확인해 보았다. 별 이상이 없는 것 같았다. 주변을 살펴보니 우주 풍선은 어딘가에 착륙해 있었다. 우주 풍선은 원래의 둥그런 모양으로 돌아와 있었고 열기도 없었다.

문이 다시 소리 없이 열렸다. 두 사람은 천천히 밖으로 나왔다. 이곳은 지구가 아니었다. 이곳은 그들이 알지 못하는 우주의 낯선 별이었다. 사방이 모두 짙은 어둠에 쌓여 있었다.

우주 풍선의 붉은 빛으로 두 사람 주변만 겨우 보였다. 땅은 지구에서 보던 단단한 흙모래 바닥과 비슷했다. 기온은 꽤 낮아 영하는 아닌 것 같은데 써늘했다. 규호가 작게 혼잣말로 중얼거렸다.

"여기가 어디지? 여기서 어떻게 살지?"

그때 그들이 타고 왔던 우주 풍선이 천천히 위로 올라가기 시작했다. 풍선은 높이 올라가더니 곧 시야에서 사라져 버렸다. 두 사람은 풍선에게 고마움을 전하며 작별의 인사를 보냈다.

두 사람은 다시 사방을 둘러보았다. 아까보다 어두움이 조금 옅어진 것 같았다. 배낭 하나씩 짊어진 지구의 젊은이 두 사람은 그저 막막하고 서글픈 기분으로 아무것도 보이지 않는 어두운 허허벌판에 언제까지나 그렇게 서 있었다.

"이제 어떻게 해야 하나? 어떻게?"

얼마나 그렇게 서 있었을까. 어두움이 더욱 옅어지면
서 저 앞쪽 지평선이 붉게 물들기 시작했다. 잠시 후에
붉은 기운 한복판에 하얀 작은 동그라미 하나가 나타났
다. 동그라미는 천천히 떠오르고 있었다.

하얀 동그라미를 뚫어지게 바라보던 규호가 경이와
감격 속에서 탄성을 내질렀다.

"태양이다! 저기 태양이 떠오르고 있다!"

지구에서 보던 것과 똑같은 태양이 서서히 떠오르며
세상을 밝혀주고 있었다. 규호의 손을 꼭 잡고 떠오르는
태양을 함께 바라보던 민아가 기쁨에 가득 찬 목소리로
노래 부르듯 말했다.

"태양이 빛을 비추니 세상이 밝아지네.

태양이 볕을 전하니 세상이 따뜻해지네.

태양이 막 떠오르네 저기 희망이 있네요."

두 사람은 한참 동안 떠오르는 태양을 바라보며 서
있었다. 이제 살 수 있을 것 같다는 안도감이 들었다.
두 사람은 얼굴을 마주 보고 미소를 띠며 태양을 향해
발걸음을 옮기기 시작했다. 손을 꼭 잡고 이 낯선 새 세
상에서 천천히 앞으로 걸어 나갔다.

두 사람은 더 밝아지고 더 넓어지는 세상을 바라보며 계속해서 발걸음을 옮겼다. 황무지 같은 벌판 끝에 이번에는 끝없는 풀밭이 이어져 있었다. 풀밭 저 앞에는 멀리 낮은 언덕이 길게 누워 있었다.

어느 사이에 태양이 높이 떴다. 대기가 완전히 투명해졌고 아주 화창한 날씨였다. 눈에 보이는 모든 것이 밝은 색깔을 띠고 선명하게 보였다. 하늘은 지구의 가을하늘처럼 높고 푸르렀다.

"이게 현실이야? 어떻게 이럴 수가 있지?"

"오빠, 이건 현실이야. 우린 절대로 꿈을 꾸고 있는 게 아니야."

"그래, 이건 현실이야. 틀림없는 현실이야. 그런데 이걸 어떻게 설명하고, 어떻게 믿어."

"오빠, 이건 설명해서 될 일이 아닌 것 같아."

"그래. 아, 정말!"

두 사람은 저 앞의 높고 낮은 산의 능선을 바라보며 계속 걸었다. 풀밭을 걷다 보니 서너 명이 옆으로 함께 걸을 수 있는 꽤 넓은 길이 나타났다. 단단하게 다져진 흙길이었다.

"길이다. 여기 사람이 다니는 길이 있구나."

길 양옆에는 풀이 무릎 높이로 자라 있었다. 규호가

풀을 툭 건드리자 풀이 푸르게 살아나며 흔들거렸다. 키가 큰 나무들이 몇 그루 나타났다. 민아가 줄기에 손을 대자 작은 가지에 매달린 나뭇잎들이 파릇파릇해지며 가볍게 살랑거렸다.

길옆에 작은 시냇물이 나타났다. 물은 있었으나 흐르지 않았다. 규호가 손을 담그자 물이 졸졸 소리 내며 흐르기 시작했다. 자세히 들여다보니 흐르는 시냇물에 작은 송사리들이 앙증맞게 헤엄치고 있었다.

두 사람은 마주 보며 웃었다. 죽은 듯이 움직이지 않던 자연이 두 사람의 손길과 발길이 닿자 생명을 가지고 다시 살아나고 있기 때문이었다.

두 사람에게 이곳은 어딘지 알 수 없는 우주의 낯선 별이 아니라 지금까지 살던 지구처럼 느껴졌다. 본래의 지구는 없어졌지만, 이곳은 두 사람이 살던 지구와 조금도 다르지 않았다.

규호는 길가의 작은 바위에 걸터앉아 발아래를 내려다보며 깊은 사색에 잠겼다. 민아는 앉지 않고 서 있었다. 갑자기 민아가 앞으로 뛰어나가 저 앞의 산을 바라보며 두 팔을 높이 들고 크게 소리쳤다.

"살아라! 살아라! 산도 살고, 나무도 살고, 새도 살아라! 모두 살아나라! 힘차게 살아나라!"

민아의 외침은 멀리 퍼져 나갔다. 그 소리를 들었는지 산의 색깔이 푸르게 바뀌기 시작했고, 어디선가 나타난 새들이 짹짹, 깍깍거리며 이리저리 날아다녔다. 지구에서 흔히 보던 까치, 까마귀, 참새 등이었다.

발아래에서 분주하게 움직이는 개미들을 들여다보던 규호가 결론 없는 사색을 멈추고 일어났다. 다시 한참 너 걸으니 낮은 언덕이 하나 나타났다. 언덕 위에 올라서니 그들 눈앞에 또 놀라운 풍경이 펼쳐졌다.

언덕 아래 저 앞에 아담한 마을이 하나 자리 잡고 있었다. 집이 30여 호쯤 되는 것 같았다. 넉넉한 평지 위에 집들이 여유 있게 자리 잡고 있었다. 기와집이 십여 채, 나머지는 초가집이었다.

"이게 뭐지? 이게 마을인 것은 틀림없는데, 여기 어떻게 이런 마을이 있지?"

두 사람은 천천히 마을로 다가갔다. 마을 어귀에는 오래된 느티나무가 한 그루 서 있었다. 작은 가지 끝에는 온갖 색색의 매듭이 매달려 있었다. 매듭 하나하나에 간절한 소망이 깃들어 있는 것처럼 보였다.

두 사람은 느티나무 줄기를 쓰다듬고, 매듭에 눈길을 주면서 마을로 들어섰다. 누가 이 매듭을 매달았으며, 무슨 소원을 빌었을까 하는 궁금증이 가득했다.

마을 안쪽에 커다란 기와집이 하나 있었다. 이 마을에서 가장 큰 집이었다. 대문 바깥쪽에는 네모난 작은 연못도 하나 있었다. 팔작지붕의 사랑채와 안채가 구분되어 있었고 행랑채도 있었고 솟을대문도 꽤 높았다.

두 사람은 집 안으로 들어가 이곳저곳 기웃거리며 살펴보았다. 마당 한쪽 구석에 우물이 있었고, 반만 열린 우물 뚜껑 위에는 두레박이 하나 놓여 있었다.

집 위쪽에 별도로 단정하게 생긴 정자가 하나 있었다. 규호가 계단을 몇 개 올라가 문을 빠끔히 열어보니 안에는 서가가 두 개 있고 서가에는 책이 가득했다. 규호가 신발을 벗고 조심스레 방 안으로 들어섰다.

"도대체 누가, 언제, 여기서 무엇을 했단 말이야?"

방 한가운데에 작은 탁자가 하나 있고 그 위에는 책 두 권과 붓통이 하나 놓여 있었다. 규호가 탁자 앞에 앉아 책을 펴보았다. 한 권은 한글, 한 권은 한자로 쓰여져 있었다. 한글로 쓴 책을 조심스레 넘겨 보았다.

옛날 한글이라 읽기 쉽지 않았다. 한 장 한 장 책장을 넘기며 내용을 알아보려고 했으나 읽고 해득한다는 것은 무리였다. 그 당시의 상황을 설명한 기록으로 추측될 뿐이었다.

맨 마지막 쪽은 앞의 부분과 쓰인 형태가 달랐다. 앞

에는 서술하는 형식이었다면 마지막 쪽은 마치 편지인 듯한 느낌을 주었다. 왼쪽 마지막 줄에 성삼문이라는 세 글자가 쓰여 있었다.

규호는 책장을 덮고 일어섰다. 어느 사이에 민아도 서재에 들어와 있었다. 두 사람은 나란히 서서 탁자 위에 놓인 책을 향해 머리 숙여 인사를 올렸다.

"민아야, 지금 여기는 세종대왕님의 시대이고, 성삼문 님이 이 책을 쓰셨어."

민아가 눈을 동그랗게 뜨고 규호를 쳐다보았다. 21세기에서 살던 사람들이 지금 여기 15세기 세종대왕 시대의 한 마을에 와있는 것이었다. 두 사람은 이 현실을 인정할 수밖에 없었지만, 정신은 매우 혼미스러웠다.

정자에서 내려와 다시 마당을 걸으며 규호가 장난스레 민아의 옆구리를 툭 쳤다.

"우리 이 집에서 살자. 우리한테 너무 크기는 하지만 정말 좋다."

"정말이야. 집이 너무 좋아. 아, 행복하다. 이런 집에서 살 수 있다니 너무 좋다."

두 사람은 자기 집이 된 그 큰 집에서 나와 다시 골목을 걸어보고 이 집, 저 집에 들어가 보았다. 어느 집이나 의식주에 필요한 모든 것이 갖추어져 있었다. 한 작은 초가집 마루에 걸터앉았다. 민아가 말을 시작했다.

"이럴 수가, 어떻게 이럴 수가 있어? 어떻게 이렇게
완벽할 수가 있냐고. 근데 이 마을에서 우리 둘이서만
살아야 하는 거야? 우리 엄마랑 아빠랑 같이 살았으면
좋을 텐데."

"그래. 그랬으면 좋을 텐데. 우리 부모님도 다 함께
살았으면 정말 좋을 텐데."

두 사람은 오랫동안 마루에 걸터앉아 있었다. 꼼짝도
안 하던 규호가 천천히 무겁게 말을 시작했다.

"여기는 지구야. 우리가 살던 본래의 지구는 폭발해
사라졌지만, 여기는 또 다른, 새로운 지구야. 분명해. 그
리고 모든 것이 갖추어진 이 마을이 있기는 하지만, 여
기에 실제로 사람이 살았던 흔적은 없는 것 같아."

규호가 말을 멈추고, 민아를 바라보며 물었다.

"우주 풍선, 지구 폭발, 새로운 지구, 사람이 살지 않
은 마을, 이게 전부 말이 돼?"

민아가 한참 가만히 있다가 대답했다.

"전부 말이 안 되지. 지금까지 있었던 일들은 하나도
말이 안 돼. 그런데 모두 실제로 일어났던 일들이야. 어
떻게 이럴 수가 있어? 어떻게?"

"그러게 말이야."

규호가 마루에 벌렁 누워 버렸다. 한참 누워 있던 규호가 천천히 일어나며 말을 이었다.

"조금 전에 본 책을 잘 읽어 보면 뭔가 좀 알 수 있을 것 같기도 한데. 아, 정말 정신이 하나도 없네. 정말 뭐가 뭔지 알 수가 없네. 어찌 되었든, 이제부터 우리는 여기에서 새로운 인생을 살아야 해."

규호가 잠시 쉬었다가 말을 계속했다.

"아까 지구가 폭발할 때 단군 할아버지의 말씀을 들은 것 같아. 우리라도 살아야 한다고 그러신 것 같아."

"맞아. 나도 그렇게 들은 것 같아."

"그래. 우리는 반드시 살아야 해. 그리고 잘 살아야 해. 우리에게는 책임이 있어."

두 사람은 한참 동안 말이 없었다. 민아가 조금 불안한 듯한 목소리로 말했다.

"그런데, 컴퓨터하고 스마트폰만 가지고 살던 우리가 여기 잘 적응할 수 있을까?"

"무슨 말씀, 이제부터는 여기에 맞춰서 살아야지."

머쓱해진 민아가 똑 부러지는 말투로 말했다.

"그럼, 맞춰서 살아야지. 이렇게 살아 있고, 이렇게 아름다운 마을에 살게 된 것만 해도 조상님들에게 감사드려야지."

"그래, 그래야지."

두 사람은 말없이 한참 더 마루에 걸터앉아 있다가 다시 마을을 걸어 보았다.

"오빠, 저 집도 가 보자."

"그래."

두 사람은 약간 떨어져 있는 외딴집 대문 앞에 섰다.

"오빠, 이게 뭐지?"

그 집 대문의 양쪽 기둥 사이에 새끼줄이 걸려 있었고 새끼줄에 붉은 고추와 검은 숯이 사이사이에 매달려 있었다.

"이건 금줄이네. 옛날에는 아기를 낳은 집에 이걸 매달았대. 잡귀를 쫓고 아기의 건강을 기원하는 의미가 있었대."

"들어가 보자."

금줄 아래로 허리를 약간 숙이고 마당으로 들어섰다. 집은 크지 않으나 마당부터 아주 깨끗하고 산뜻했다. 방에 들어가 보니 출산에 필요한 모든 물품과 갓난아기의 옷까지 여러 벌 깔끔하고 빈틈없이 준비되어 있었다.

한쪽 옆에 책이 하나 놓였는데 거기에는 아기를 가졌을 때부터 아기를 낳을 때와 그다음에 해야 할 모든 과정이 그림과 글로 상세하게 설명되어 있었다. 민아의 입가에 살짝 미소가 지나가며 감탄사가 터져 나왔다.

"와, 정말 대단한 조상님들이시네."

두 사람은 금줄이 달린 집에서 나왔다. 두 사람의 귀에는 뒤에서 '응애! 응애!' 하는 갓난아기의 힘찬 울음소리가 들리는 듯했다.

두 사람은 마을을 한 바퀴 돌아 자기 집이 된 큰 집으로 다시 돌아왔다. 대청에 올라가 편하게 앉았다.

"오빠, 배고프다. 뭐 좀 먹자."

"그래, 먹어야지. 먹어야 살지."

두 사람은 지금까지 메고 있던 배낭을 내려놓고 뒤적거려 비상식량들을 꺼내놓고 허겁지겁 먹기 시작했다.

"오빠, 물 좀 떠다 줘."

규호가 민아를 물끄러미 바라보다가 말없이 우물에 가서 물을 한 바가지 떠왔다. 민아가 물을 벌컥벌컥 들이키더니 한마디 던졌다.

"아, 시원하다. 오빠, 그런데, 여기서 사는 것도 괜찮을 것 같네."

"괜찮은 정도가 아니지요. 참으로 과분하지요!" ∞

작가의 말

가을입니다. 전편인『한 시간』을 쓴 지 1년 반 만에 속편인『무한대』를 다 쓰는 순간, 가을 하늘을 올려다보았습니다. 앞으로 세상의 모든 일이 다 잘 되었으면 좋겠다는 마음이 들었습니다.

말하고 싶었던 것은 인간 세계를 넓고, 길게 바라보며 우리를 다시 한번 돌아보자는 것이었고, 바라는 것은 인간애를 가지고 모두 아름답고 행복하게 살자는 것이었습니다.

능력의 한계가 분명한 것을 스스로 잘 알면서, 이 크고 깊은 본질을 다루고자 하니 몸과 마음이 오그라들 때가 한두 번이 아니었습니다. 그래도 용기와 의지를 다져가면서 이 책을 다 썼습니다.

곁에서 지켜준 가족에게 고마움을 전하며, 격려와 도움을 주신 모든 분에게 깊은 감사의 마음을 전합니다. 여기까지 읽어주신 독자에게 감사드리며, 건강과 행운이 함께 하시기를 진심으로 기원합니다.

2024년 10월에 북한산 아래에서
최종수 드림

무 한 대

초판 1쇄 인쇄 2024년 11월 21일
초판 1쇄 발행 2024년 11월 30일

지은이   최종수
펴낸곳   도서출판 역민사
출판등록   1979년 2월 23일 제 10-0082호
주소   서울 은평구 연서로 46길 7
전화   02)2274-9411
이메일   ymsbpcjs@naver.com
인쇄 · 제책   영신사
표지   디자인 VF 84

ⓒ 최종수 2024
ISBN 978-89-85154-59-8 03810
15,000원